_________________ 님

포기하지 말고 끈질기게

희망의 길을 열어갑시다.

최재관

최재관의 길

서울~양평 고속도로의 중심에 선 한 남자의 이야기

최재관의 길

초판 1쇄 인쇄 2024년 1월 2일
초판 1쇄 발행 2024년 1월 4일
지은이 최재관

발행인 임영묵 | **발행처** 스틱(STICKPUB) | **출판등록** 2014년 2월 17일 제2014-000196호
주소 (10353) 경기도 고양시 일산서구 일중로 17, 201-3호 (일산동, 포오스프라자)
전화 070-4200-5668 | **팩스** (031) 8038-4587 | **이메일** stickbond@naver.com
ISBN 979-11-87197-46-1 (03810)

[원고투고] stickbond@naver.com
출간 아이디어 및 집필원고를 보내주시면 정성스럽게 검토 후 연락드립니다. 저자소개, 제목, 출간의도, 핵심내용 및 특징, 목차, 원고샘플(또는 전체원고), 연락처 등을 이메일로 보내주세요. 문은 언제나 열려 있습니다. 주저하지 말고 힘차게 들어오세요. 출간의 길도 활짝 열립니다.

스틱도서번호 S061 | 표지 (한솔제지) 앙상블E-클래스 백색 210g/m² | 본문 (한솔제지) 미색 백상지 100g/m²

최재관의 길

서울~양평 **고속도로의 중심에 선** 한 남자의 **이야기**

최재관 지음

STiCK

나의 길

농성 109일째 되던 10월 25일 밤, 여럿의 언론인들이 찾아왔습니다. 그들은 지금 우리가 하는 일부터 나의 지난 일, 그리고 앞으로의 일까지 다양한 질문을 던졌습니다. 부드럽지만 예리한 꼬리에 꼬리를 무는 질문들…. 이 책은 그날 나눈 대화를 있는 그대로 기록한 이야기입니다. 이름을 밝히지는 못하지만, 그날 밤 예리하고 꼼꼼한 질문을 던져준 언론인들께 감사의 마음을 전합니다.

기자 오늘로 농성이 며칠째인가요?

재관 109일째 접어들었습니다.

기자 서울~양평 고속도로 논란은 워낙 큰 사안이라서 지역에서의 반응이 궁금합니다.

재관 서울~양평 고속도로 노선의 종점은 15년 동안 계속 양서면인 것으로 모든 주민이 알고 있었죠. 올해 5월, 갑자기 종점이 강상면으로 바뀐다고 처음 공개된 거예요. 그래서 사람들이 너무 생소하고 이해가 안 돼서 '왜 갑자기 바뀌었느냐?', '어떤 이유로 바뀌었느냐?'라고 국토부에 물었더니, 원희룡 국토부 장관께서 오히려 역정을 내면서 그러면 아예 진행을 못 하겠다는 식으로 백지화 선언을 해버리셨어요. 그 바람에 지역 사람들의 염원인 서울~양평 고속도로 계획이 무산되는 것이 아닌가 하는 두려움 때문에 천막 농성을 시작하게 되었습니다. 만약에 그렇게 하지 않으면 '야, 이거 민주당이 문제를 제기해서 괜히 잘 되던 고속도로 계획을 멈춘 것 아니냐?'라는 지역 주민들의 항의에 저희가 맞아 죽겠더라고요. 그렇게 천막 농성을 하면서 고속도로 계획을 원안 그대로 지켜내자는 뜻으로 여현정, 최영보 우리 당 두 명의 군의원과 제가 단식에 들어갔고 전열정비 후 지금까지 109일가량 농성을 계속하고 있어요.

기자 농성은 어떤 식으로 진행되고 있나요?

재관 처음에는 양평군청 앞에 천막을 치고 단식 농성을 시작했어요. 9일가량 진행하다 마무리한 뒤 릴레이 단식을 한 달가량 진행했습니다. 고속도로 백지화 철회뿐 아니라 우리가 그 과정에서 알게 된 내용, 즉 이건 명백한 국정농단 의혹이라는 부분에 초점을 맞추고 있습니다. 지금까지 밝혀진 사실들만 종합해도 이건 권력의 힘을 이용해 대통령 처가 쪽으로 고속도로 종점을 억지로 튼 것이 아니라면 합리적인 설명이 불가능하다는 방향으로 정리되었습니다. 이제 '진상 규명'을 할 때까지 천막 농성을 해야 한다고 결정한 후 농성단 이름도 바꾸고 서울~양평 고속도로 의혹의 진상 규명을 위한 국정조사와 특검을 요구하는 농성을 계속하고 있습니다.

기자 그러면 109일 동안 잠은 댁에서 주무시는 건가요?

재관 잠도 농성장에서 자고 3교대로 아침조, 오후조, 저녁조로 나눠서 진행합니다.

기자 자리를 비우면 무슨 일이 일어날 수도 있으니까 그런 건가요?

재관 그렇죠. 누가 들어올 수도 있고, 또 우리의 의지를 보여주기 위해서도 이렇게 꿋꿋하게 조 편성을 해서 '양평 고속도로 지킴이'라는 조직을 만들어서 가고 있고요.

기자 힘드시겠네요.

재관 제가 너무 힘들어서 '이제 잠은 농성장에서 안 자는 게 어떠냐?'라고 제안했다가 주민들께 혼났어요. 주민들께서 '무슨 그런 약한 소리를 하느냐? 그럴 수 없다. 우리가 지키겠다.'라고 말씀하시는 거예요. 거기 제일 열심히 하시는 분이, 저희는 이분을 '청년'이라고 부르는데, 78세 어르신이 제일 먼저 나오셔서 빗자루 들고 안팎을 쓸고 천막을 보수하고 그러셨어요. 저희가 농성을 한여름부터 시작했거든요. 7월 8일에 시작해서 한여름 뙤약볕에 천막 농성을 했는데, 정말 꿋꿋하게 그런 분들이 농성장을 지켜주시고, 또 지나가는 주민들께서 '뭐 필요한 거 없느냐?'라고 물어오세요. 그런데 저희가 단식을 하니까 필요한 게 없잖아요? 돈도 안 들고, 그러니까 '물만 좀 주시면 좋겠다.'라고 했더니 물이 엄청나게 들어오는 거예요. 물이 하도 많아서 사실 지금 창고에 좀 옮겨놨거든요. 그 물을 다 먹으려면 이번 겨울나고도 내년 4월이 지날 수도 있겠어요.

기자 허허.

재관 주민들이 그렇게 많이 호응해 주고 계세요. 또 이 사안에 대해서는 부산에서 찾아와서 격려해 주시고 서울 등 전국에서 와서 격려해 주시고 그러고 있습니다.

기자 그런데 농성장에 오셔서 고춧가루를 뿌리거나 하는 그런 분들은 안 계세요?

재관 처음에는 군수님도 '여기 치워라. 보기 싫다.'라는 식으로 저희가 보기에는 약간 속좁은 방법으로 대응하시더라고요. 우리가 처음에는 군청 안에 텐트를 쳤는데, 군청에 가보면 노란 보도블록으로 점자블록이 있잖아요? 시각장애인들께서 이용하고 계시는…. 그런데 저희가 천막을 친 게 주말인데, 그 주말에 시각장애인 협회의 한 십 여분이 몰려오시더니 저희한테 '왜 점자 블록을 밟았느냐?'라고 항의하시는 거예요. 그때가 저녁 무렵이었고 휴일이라서 딱히 군청에 오실 일도 없으신 분들이거든요. 누군가 그분들한테 귀띔하신 건 아닌지 살짝 의심이 들기도 했지만 어떻든 저희는 '저희가 안내조를 여기 세우겠다. 시각장애인분이 오시면 모셔서 민원실이든 화장실이든 그렇게 안내해드리겠다.'라고 말씀드렸어요. 그래도 막 항의를 하시더라고요. 결국, 저희가 경찰을 불러서 '경찰에게 얘기하시라. 만약에 우리 잘못이 있다면 우리를 잡아가시라.'라고 했죠. 그렇게 해결됐는데, 결국 저희는 군청에서 쫓겨나게 됐어요. 그 후 군청 바깥에 집회 신고를 하고 거기 천막을 치고 자리를 잡아서 지금까지 하는 거죠.

기자 한여름에 시작하셨는데 이제 서리가 내립니다. 서늘해요.

재관 맞아요. 서늘해요. 그래서 지금은 0.1mm의 아주 두꺼운 하우스 비닐로 농성장을 덮어서 따뜻하게 월동 준비를 끝냈고요. 그 와중에 저는 또 '이제 겨울이 오니 저녁에는 (여기서) 안 자는 게 어떠냐.'라고 제안했다가 또 혼이 났어요. 무슨 그런 약한 소리를 하느냐고 말이죠.

기자 하하.

재관 또 어르신들이 우리 78세 청년 농민과 또 다른 72세 어르신을 비롯해 양평뿐 아니라 여주에서도 오셔서 농성장을 지켜주고 계시는데, 특히 65세 어머니들이 농성장으로 찾아와서 양말목 공예를 하세요. 그 양말을 하나 만들 때마다 고리가 하나씩 나오는데 폐품이나 버려지는 폐자원을 가지고 손으로 방석도 만드시고 손가방도 만드시고….

기자 일종의 업사이클링이네요?

재관 그렇죠. 새활용(업사이클링)인데, 농성장에 와서 계시면 너무 심심하지 않으냐고 한 분이 제안해서 '그래. 그거 합시다.' 해서 시작된 거죠. 요즘에는 여성분들이 오시면 다 앉아서 방석을 짜세요. 그러니까 이게 자원 순환도 되고, 또 한 번 오시면 두세 시간을 못 나가요. 방석 하나 다 짤 때까지는….

기자 하하.

재관 그렇게 둘러앉아 방석을 짜면서 '이게 우리의 민주 쟁취 방석이라고, 이 방석이 우리 천막 농성을 도와주는 그런 소중한 자원이 됐구나.' 하며 놀라워했는데, 요즘에는 많이 만들어지다 보니 이걸 판매하기 시작하셨어요. 장날에 갖고 나가서 팔아요. 그래서 지금 약 200장 정도 만들어 각자 집에도 가져가시고 최근에는 장에 나가 팔고 해서 오히려 그 돈을 후원금으로 또 내시고….

기자 대단하네요. 상주 인원은 몇 명 정도 되시나요?

재관 상주 인원은 보통 두세 분이 돌아가면서 하는데, 일단 한 조에 한 분씩 책임져서 하고 있고, 나머지는 오며 가며 들러서 보통 두세 분이 앉아 계십니다.

기자 특히, 어르신 한 분 한 분의 존재가 엄청날 것 같아요. 그분들이 계시면 누군가 이상한 짓 하려고 해도 못 하잖아요. 어르신이 계시니까….

재관 그것도 그렇고요. 이 사안이 터진 후 저희가 농성장을 차리고 지역에서 촛불 집회도 하거든요. 매주 금요일마다 양평 촛불문화제를 하는데, 이런 소식을 듣고 원래 조용히 서울로 촛불 집회를 다니시던 분들이

요즘에는 저희 쪽으로 많이 오세요. 양평에 살고 계시면서 혼자 서울로 촛불 들러 다니던 분들이 지역에서 행사를 하니 지역사회에 참여하시게 되는 거죠. 본인이 나이 들어서 할 수 있는 건 많지 않지만, 여기를 지키는 정도는 할 수 있다고 하는 분들이 계셨기에 여기까지 올 수 있었습니다.

기자 앞으로 언제까지 하실 거예요?

재관 저는 빨리 접고 싶어요.

기자 하하.

재관 사실 선거 준비도 해야 하고 여러 어려움이 있는데 주민들께서 '우리가 한 걸음 물러서면 두 걸음 물러서고, 두 걸음 물러서면 세 걸음 물러선다. 그래서 추위 속에서도 꿋꿋이 견디면서 국정농단의 진실을 밝혀야 한다.'라고 명확하게 말씀하고 계시기에 지금 당장은 못 접을 것 같아요. 국정농단의 진상이 드러나고 특검까지 가야 뭐가 될 것 같은데….

기자 최소한 겨울은 난다고요?

재관 네. 그래서 겨울은 날 것 같습니다.

기자 알겠습니다. 이 사안에 대해 여쭤볼 게 많은데, 오늘 이 자리에서는 위원장님 개인에 대한 질문도 꽤 많이 드릴 예정입니다. 워낙 독특한 이력의 소유자이셔서요. 괜찮겠습니까?

재관 물론입니다.

차례

1장 나의 길

2장 국민의 길

3장 여주 양평의 길

최재관의 길

1장

나의 길

서울대를 졸업한 뒤

여주로 농사지으러 간다고 하자

부모님은 걱정을 태산같이 하시며 이러셨죠.

"네가 농사를 몰라서 그런다. 우리가 농사를 지어

봤는데 농사가 얼마나 힘든지 아느냐."

그래서 저는 이렇게 말했어요.

"쌀농사를 지으면 밥은 얼마든지 먹고 살 수 있지

않겠어요."

그랬더니 어머니가 답하시더군요.

"밥은 개도 먹는다."

여주로 농사지으러 온
서울대 졸업생

기자　서울대를 나온 분이 여주로 농사를 지으러 오셨어요. 당시 조선일보에 보도되기도 했는데 주변 분들 반대가 심하셨을 것 같아요. 특히, 부모님이요.

재관　부모님께는 정말 청천병력 같은 소리였죠. 제가 사실 졸업도 어렵게 했습니다. 부모님은 해마다 물어보셨어요. 올해는 졸업하느냐, 내년에는 졸업하느냐라고요. 제가 사실 대학교 4학년, 5학년이 되어 뒤늦게 학생 운동에 뛰어들었어요. 그 당시에는 쌀개방 반대 운동이 한참 진행되고 있던 시기였기에 저는 농대를 다니면서 그동안 서울대 농대생으로서 나랏돈으로 공부했으니 뭔가 농업을 위해 기여해야겠다는 생각을 하고 농사지으러 갈 고민을 계속했었거든요.

그렇게 학교 다닐 때 졸업도 제대로 하지 못하고 계속 학생 운동, 농민 운동을 하다 막상 농촌에 간다고 하니 부모님은 걱정을 많이 하시면서 '네가 농사를 몰라서 그런다. 우리가 농사를 지어봤는데 농사가 얼마나 힘든지 아느냐.'라고 반대하셨죠. 그러면서 '농사지으면 1년 벌어봐야 도시 직장인 한 달 월급도 안 되는데 네가 가서 무슨 농사를 짓느냐.'라고 하시기에 저는 '쌀 농사 지으면 밥은 얼마든지 먹고 살 수 있지 않겠느냐.'라고 했죠. 그랬더니 '밥은 개도 먹는다. 네가 고생을 안 해봐서 그렇지 한번 고생을 해 보라.'라고 말씀하셨어요. 제가 실제로 농사를 지어보니 부모님 말씀이 맞더라고요. 정말 직장인 한 달 벌 돈을 1년 농사지어야 벌고 있더라고요(웃음).

기자 그 당시에는 어떻게 설득하셨어요?

재관 우리는 뭐 학생 운동을 할 때도 설득해서 한 게 아니고 그냥 했기 때문에(웃음)…. 그런데 부모님, 특히 우리 어머니가 현명하신데 '자식 이기는 부모가 있느냐. 어차피 뭐 너 좋아서 하는 건데….' 하시면서 다만 부모 도움 받을 생각은 말라고 하시더군요.

기자 찾아봤더니 당시 서울대 농생물학과는 농대에서도 커트라인이 높은 편에 속하고, 당시 표현으로 유전공학과 관련된 학과라고 알려졌던데요?

재관 1986년도 대학에 입학할 때의 인기학과가 '유전공학과'였거든요. 그래서 저도 서울대에서 유전공학을 전공할 수 있는 곳이 어디인지 찾아보다 '농생물학과'가 유전공학을 배울 수 있다고 해서 왔죠. 제가 나중에 GMO(유전자변형물질) 반대 전국 행동 정책위원장을 맡아서 GMO 반대 운동을 했었거든요(웃음). 그래서 '이야~ 내가 유전공학을 전공한다고 대학에 들어와서는 GMO 반대 운동을 열심히 하게 되는구나!' 라고 혼자 신기해한 적이 있어요.

기자 여주를 택하게 된 이유는요?

재관 당시 학생 운동을 하던 사람들이 귀촌 준비 모

임들을 했었는데, 그 당시에는 선배들이 농민 운동의 요구에 따라서 '너는 여주로 가라.', '너는 김포로 가라.' 이렇게 정해줬거든요. 그래서 저는 아무것도 모르고 선배들이 가라고 하니까 대책 없이 여주로 오게 된 건데, 와서 둘러보니까 여주가 너무 좋은 거예요. 강과 논의 경치가 너무 좋고…. 처음 농민들을 만나기 위해서 여주에 오는 날에 비가 엄청나게 많이 내렸어요.

기자 처음 여주 땅을 밟던 날에요?

재관 예. 비가 정말 많이 와서 쫄딱 젖었어요. 그랬는데 그게 오히려 기분 좋게 느껴지더라고요. '아, 내가 여기 정착하라고 이렇게 비가 오는구나!' 그렇게 생각했죠.

버스 터미널에 도착해서 마을로 들어갔는데 아주 그냥 경치가 좋아요. 시골, 전형적인 시골이고 경치가 무척 마음에 들고 하길래 그날로 여주에 정착하겠다고 아주 무책임하게 결정합니다. 요즘은 꼼꼼하게 귀농 귀촌 정보를 충분히 습득하고 1~2년 교육도 받고 어떻게 정착할 건지 계획도 세우고 하는데, 그때는 그저 쌀을 지키고 농민들을 지키는 일을 위해 '그동안 대학 졸업할 때까지 편안하게 살았으니, 이제 졸업하고 나서는 고생 좀 해도 되지 않을까?' 하는 생각으로 오게 된 거죠.

기자 그런데 혼자 고생하시면 되는데 양갓집 규수까지 같이 고생길로 접어들게 만들었어요. 신혼살림을 여주 어디에 차렸나요?

재관 여주 강천면 간매리라는 마을에 처음에 전세 400만 원짜리 집으로 시작했습니다.

기자 전세 400만 원이요?

재관 예. 단칸방에 살림을 차렸는데 우리 집사람도 굉장히 좋아했어요. 왜냐하면, 집사람도 울산을 떠나고 싶어 했고 저처럼 철이 없었고 농사도 안 지어봤고…. 실은 대부분의 농사지으러 가는 사람들은 농사를 안 지어본 사람들이 많아요. 지어본 사람들은 못 지어요. 그만큼 힘든 일이라는 걸 아는데 우리는 그걸 몰라서 그냥 왔고요(웃음). 어쨌든 그때는 재미있었어요.

여주 강천면 간매리

기자 간매리…. 당시 마을 풍경이나 기억나는 첫인상은 어땠나요?

재관 마을의 절반 이상 주민이 곽씨 성을 가지셨어요. 마을은 작은데 학교도 거기 있었고요.

기자 농사는요?

재관 논을 조금 빌려서 쌀농사를 지었는데 사실 농

사를 처음 지어보니까 아무것도 없잖아요? 가진 게 삽 한 자루도 없는 거예요. 트랙터는 물론이고요. 농사라는 게 조금 지으나 많이 지으나 농기구는 다 있어야 하잖아요. 다 갖춰야 하는데 저는 그게 없다 보니까 일을 다녔죠. 다른 집 품을 팔아주고, 다른 집 사람이 와서 로터리를 쳐주고(논밭 갈이) 모를 심어주고, 그렇게 품앗이하면서 농사를 지었어요. 마을 분들이나 농민회 분들이 많이 도와주셔서 작은 규모의 농사였지만 잘할 수 있었죠.

기자 농사짓기 위해서 경운기도 배우셨겠네요.

재관 절대적이죠. 당시에는 경운기로 농사짓고 경운기로 로터리치고(논밭 갈이) 했기 때문에 경운기는 필수였어요. 그리고 제가 수확한 벼를 가져와서 집 앞이나 길가에 죽 늘어놓으면 그 벼

말리는 걸 우리 집사람이 낮에 배불러서 왔다 갔다 하면서 돌봤어요. 쌀농사를 많이 지으면 건조기에 넣어 손쉽게 벼를 말리는데 저희는 쌀농사 양이 워낙 적으니까 그냥 그렇게 손수 말렸죠. 그런데도 당시에는 젊었고 새로운 일이고 저희가 원했던 일이고 해서 별로 힘든 줄도 모르고 했어요. 지금 와서 되돌아보면 엄청 힘든 일이었는데도 그때는 그저 단란하게 재미있게 지냈던 것 같아요.

기자 그런데 한 해 수익이 나오는 순간은 현실이었을 것 같아요. 정말 한 해 농사 수익이 도시민 한 달 수입이던가요?

재관 예. 제가 한 해 수익을 따져보니까 순이익이 200만 원 정도 되더라고요.

기자 1년에요?

재관 1년에 200만 원이더라고요(웃음). 당시 한 4천 평 농사짓고 나중에는 6천 평 농사짓고 그랬는데 이것저것 빼고 나니 진짜 얼마 안 되더라고요. 그런데 다 살아지더라고요. 진짜 어머니 말씀대로 밥만 먹고 살았어요(웃음).

기자 들으면 들을수록 사모님이 대단한 분이라는 생각이 드네요.

재관 그래서 아내가 하숙을 쳤어요. 저희 여동생도 여주에서 학교에 다니면서 하숙비를 냈죠.

기자 월 고정 수익이 생겼네요.

재관 예. 그렇게 하숙비를 받아서 생활비에 보태고, 또 아는 선배가 와서 또 하숙하면서 생활비에 보태고….

기자 하숙이니 사모님이 밥을 다 해주셨겠네요. 아침, 저녁….

재관 제가 농사는 조금 짓고 농사일은 체질에도 안 맞고 관심도 없고 주로 농민 운동에 관심을 두다 보니, 집사람이 아이들을 키우면서 수입을 얻을 수 있는 일을 찾아서 했어요. 이를테면 아이를 데리고 출근할 수 있는 지역 신문사에 가서 일하면서 아이도 돌보고 수입도 얻고, 그런 식으로 아내 도움으로 잘 지내왔던 것 같아요.

기자 대단하십니다. 사모님이요. 연고가 전혀 없는 청년들이 외지에서 왔는데 동네 주민들께서 처음에는 경계하거나 다른 시선으로 보거나 그렇지는 않았나요?

재관 동네 사람들한테는 신기한 일이죠. 그래서 매일 우리 집을 들여다보시는 거예요. 어떻게 하고 지내나….

기자 하하. 소문이 났군요. 서울대 나온 사람이 왔

다고요.

재관 집이 동네 한가운데 있어서 매일 오가며 들여다보시는데, 우리 집사람이 조금 힘들었죠. 어떤 할머니께서 매일 찾아오셔서 이야기하자고 하시는데 사실 연배로 보면 친구도 아니고 도시 새댁이라 대화하기 어렵죠. 그만큼 마을 사람들에게는 신기한 일이었고, 또 이런 말씀을 하시더라고요. '너는 정치 할 거다. 정치할 의도로 오지 않았느냐.'라고요.

기자 결과적으로는 맞는 말씀이셨네요.

재관 그런데 전 당시 정치는 꿈에도 생각하지 않았고요. 오로지 농사지으면서 쌀을 지키고 농업을 지키고 농민 운동하는 것에만 관심을 두고 온 건데, 너는 결국 정치하러 온 거 아니냐며 의심어린 말씀을 하셨죠. 그때는 제 마음을 몰라주는 것 같아서 서운했어요. 그래도 제가 열심히 농사짓고 마을 행사가 있으면 늘 나가서 인사드리고 주민들과 많이 어울리다 보니 나중에는 반장도 시켜주시더라고요.

기자 인정받으셨네요.

재관 예. 마을 반장도 잘해냈는데 대학생 농활만은 우리 마을에서 못 받았어요. 당시 이장님께서 극구 농활만은 못 받겠다고 반대를 하시는 바람에…. 그래서 제가 마을 개발 위원회에서 잘 설명해서 투표했는데 '농활 받자.'가 4표, '받지 말자.'가 2표로 농활 받는 쪽으로 나왔음에도 우리 이장님이 '난, 안 해. 못 해.'라고 강하게 반대하셔서 농활은 못 받았어요. 그래도 마을 사람들과 함께 생활하고 행사도 같이 준비하면서 마을에 자연스럽게 녹아들었죠.

기자 그렇게 녹아드는 경험이 상당히 중요한 것 같아요. 요즘 도시민 귀농 귀촌이 늘면서 농촌 곳곳에서 새로 들어온 분들과 기존 살던 분들과의 갈등이 드러나고 있잖아요?

재관 맞아요. 요즘 귀촌하고 귀농하시는 분들을 보면 어떤 경우에는 그냥 주민등록상 한 동네 주민이지 실제로는 전혀 서로 만나지도 않고 마치 아파트에서처럼 그렇게 살다 보니 장벽이 있어요. 서로에 대해 잘 모르고 서로 경계하고….

귀농 귀촌, 지옥이 되지 않으려면

기자 최근 뉴스를 보면 '마을 분담금을 내라. 못 낸다.' 이런 갈등 양상도 있어요.

재관 농촌에 살던 사람들은 '마을에서 지금 우리가 모아놓은 돈이 얼마가 있는데, 새로운 구성원이 되면 그 일부를 부담하는 게 당연하다.'라고 말씀하시죠.

기자 그 입장에서는 그렇겠죠.

재관 예. 그 입장에서는 그 계산이 맞는 거고 새로 들어오는 사람으로서는 그런 게 어딨느냐고 이야기하죠.

기자 그렇죠. 법에 명시된 것도 아니고요.

재관 법도 없고 조례도 없고요. 그런 부분에 대해 서로 이해하기 어려운 거죠. 이게 상당히 중요한 문제라고 봅니다. 이런 부분이 잘 협의가 되는 마을도 있어요. 새로 들어온 사람과 살던 사람들 간의 융화가 잘 되는 마을은 서로 행복한 거죠. 그게 안 되는 마을은, 예를 들어 주로 땅을 가진 도시 분들이 마을에 처음 들어와서 경계 측량부터 하고 담장을 치고, 그 마을 길에 들어간 내 길부터 찾고…. 이렇게 되면 서로에게 지옥이 되는 거예요. 그래서 지금 제가 볼 때는 농촌에서의 전원생활을 꿈꾸고 귀농 귀촌을 준비하는 분들도 많아지고 실제로 늘어나고 있는데요. 정책적으로 선결되어야 할 부분이 외지인과 현지인, 선주민과 후주민, 이주민과 원주민 간의 갈등을 체계적으로 관리할 수 있는 법과 조례를 만들어야 한다는 점입니다. 누구의 죄도 아니고 어느 일방의 문제도 아니거든요. 단지 서로 다른 문화에서 만난 사람들이 서로 이해가 부족해서 생겨나는 그런 문제들을 제대로 풀어주지 않으면 천국이 지옥이 될 수 있다는 거죠. 그래서 요즘 들어 상당한 마을이 지옥으로 변하고 있는 양상을 보면서 좀 안타깝습니다. 이 부분을 제대로 고쳐보고 싶어요.

기자 예를 들면 마을에서 하는 척사대회(윷놀이대회)에 같이 참여한다든지 그런 공동의 활동들을 말씀하시는 거죠?

재관 그게 사는 분들 입장에서는 당연한 건데 들어온 사람들에게는 당연하지 않으니까…. 그런 게 쌓이면 꼴 보기 싫어지는 거죠. 마을 일에 참여도 안 하는데 저 사람이 과연 우리 동네 사람이냐 이런 인식이 생겨나고, 더구나 새로 들어오는 분들이 학력이 높거나 지식이 있거나 그런 분들일 경우는 더 벽이 생기게 되죠.

기자 경력도 있으시고….

재관 그러다 보니 귀촌하신 분들이 아무 말씀 안 하시고 계시더라도 마을 주민들은 '나를 무시하느냐. 네가 좀 배웠다고 나를 무시하느냐.' 하고 느끼시는 거예요.

기자 이해가 되네요.

재관 서로가 원하지 않는 방향으로 가는 거죠. 그게

앞으로 농촌 지역에서 해결해야 할 중요한 과제라고 봅니다.

기자 그런 상황은 없으셨나요? 예를 들어, 마을 회의 같은 자리에서 입바른 소리를 하실 때 마을 주민들께서 '너 서울대 나왔다고 잘난 척하는 거야?' 이렇게 받아들이시는 경우요.

재관 그런데 제가 원래 품성이 워낙 겸손한데다(웃음) 아는 것도 없지만 아는 척도 안 해서 오히려 '너 서울대 나온 거 맞아?' 이런 말씀을 많이 하셨어요(웃음). 그리고 저는 농민회 분들께서 저에게 농사짓는 기술부터 농촌에서 살아가는 방식, 이런 생활의 지혜를 옆에서 계속 가르쳐 주셨기 때문에 빠르게 녹아들 수 있었죠. 제가 당시 그분들의 도움을 받으며 빠르게 적응했던 것처럼 지금 귀농 귀촌하시는 분들에게도 그런 도움이 필요하다고 생각해요. 그분들이 마을에 잘 적응하고 섞일 수 있도록 옆에서 잘 안내하고 도움을 주는 일이요.

기자 진짜 농사에 관한 기술적인 정보만 주는 게 다가 아니네요.

재관 함께 어울리지 않으면 마치 '화성 남자, 금성 여자'처럼 계속 어긋나는 거죠. 그래서 행복한 농촌을 만들려면 새로 들어오는 분들과 살던 분들 간의 갈등 관리부터 해결하는 게 중요한 과제에요.

기자 힘든 경험이 있으셨나요?

재관 우리 집사람이 아기를 가졌을 때 입덧이 심해서 거의 먹지를 못했어요. 몸이 약해서인지 병원에 가서 임신 2개월째라고 확인받는 순간 바로 쓰러지더니 거의 식사를 못했어요. 임신 5개

월까지 그랬어요.

기자 고생하셨네요. 더구나 외지에 와서 외롭기도 하셨을 텐데….

재관 동네에 두부를 잘하는 집이 있었어요. 아무것도 못 먹고 먹으면 올리고 그랬던 집사람이 신기하게도 그 집 식사만 할 수 있더라고요.

기자 신기하네요.

재관 그 두붓집에서 끓여주는 순두붓국만 잘 먹었어요. 주인분이 많이 싸주시기도 하고 찾아가서 먹기도 해서 집사람이 건강하게 아기를 잘 낳을 수 있었습니다.

쓰레기 매립장 반대 투쟁 3년

기자 기록을 보면 쓰레기 매립장 반대 투쟁을 꽤 오랫동안 하신 것 같은데요?

재관 농사를 지으면서 저의 관심사는 농민회를 어떻게 조직하고 농촌의 농민 권익 운동을 어떻게 벌일 것인가에 있었는데, 정작 농민들은 거기에 관심이 별로 없으신 거예요. 평범한 농민들께서는 농민회보다는 쌀값을 어떻게 더 받을 수 있을까 그런 게 관심사였는데 마침 제가 들어간 면에 쓰레기 매립장이 들어온다는 거예요. 주민들이 싫어하는 시설이 들어오는데 그때 농사를 많이 짓고 계신 형님들께서 저에게 '만일 네가 이 쓰레기 매립장 반대 투쟁을 열심히 해서 이걸 잘 막아주면 우리가 농민회에 가입시켜 주겠다.'라고 제안하시는 거예요. 그래서 좋다고 했죠. 제가 많이 싸워본 경험이 있으니까 학생 운동도 많이 했고 농민 운동도 하고 있으니 그렇게 해서 쓰레기 매립장 반대 투쟁을 시작했어요.

기자 잘 되던가요?

재관 워낙 하던 일이니까 어렵지는 않았어요. 이게 잘 되면서 쓰레기 매립장 반대 열기가 지역에

크게 일어났어요. 그래서 3년간 쓰레기 매립장이 못 들어오도록 막았어요. 사람들도 한 번 집회 하면 1천5백 명, 1천7백 명씩 모였어요. 버스를 한 번에 20대씩 대절해서 환경청 시위도 가고 도청으로 시위하러 가고, 그만큼 주민들의 반대 열기가 뜨거웠거든요. 그런 바람을 잘 모아내다 보니 쓰레기 매립장 입구 앞에서 반대 농성을 약 300일 가깝게 한 것 같아요. 매일 거기서 잤으니까요. 저는 사무국장으로서 19개의 리를 계속 돌아다녔고 덕분에 지역 주민들을 다 알게 됐고요. 당시 지역 주민들께서 농담 삼아 '군의원에 나가라.'라고 하셨어요. 그때 저는 정치에 관심이 없었기에 귀담아듣지 않았는데, 하여튼 이 싸움을 하면서 주민들과 더 하나가 될 수 있었어요. 농민 회원도 한군데 면에서

100명 이상 가입해 주시기도 해서 자리 잡는 데 큰 도움이 됐던 것 같아요.

기자 그런데 결과적으로는 쓰레기 매립장이 들어왔어요.

재관 마지막에는 이 문제가 법정으로 갔는데 결국 재판에 지면서 쓰레기 매립장이 들어왔어요. 재판에는 졌지만 주민들과 함께 농기계를 동원해서 길을 막는 등 끝까지 싸웠죠. 그런데 그 와중에 이권이 있으신 분들도 계시고 그런 이해관계가 분열로 이어지면서 결국 그 싸움에 지게 됐죠.

기자 많이 속상하고 서운하지 않으셨나요?

재관 조금 실망하기도 했는데 세월이 흐르면서 이렇게 다시 보니 또 이해가 돼요. 당시에는 그게 절대적으로 안 되는 것처럼 생각됐지만 실제로 쓰레기 매립장이 어딘가에는 필요하잖아요. 그렇게 들어서는 과정에서 실제 그곳에 사는 주민들이 받을 피해에 대해 정당한 보상이 갈 수 있도록 잘 협상을 해야 했는데 그런 부분이 당시 미흡했던 게 아닐까 그렇게 되돌아보게 되더라고요. 그리고 당시에 저희가 힘을 합쳐 투쟁하면서 많은 것들을 받아내긴 했어요. 주민들에게 지속적인 소득이 오게 하였는데, 저는 당시에 20대 후반에서 30대 초반이다 보니 순수한 마음으로는 함께 가기로 해놓고 뒤에서 타협하는 모습이 이해가 안 됐죠. 그게 조금 서운했었는데 세월이 지나니 다 이해가 되더라고요.

기자 결과가 안 좋으면 모두 부질없는 짓이었다는 생각을 하기 마련인데, 시간이 지나 몇십 년이 흐른 뒤 당시 했던 일이 헛된 게 아니었다는 생각을 할 때도 있지 않나요?

재관 정말 그래요. 당시 제가 그 싸움을 하면서 신문 기고도 많이 하고 주민들 소식지도 직접 만들었어요. 주민들께 그 인쇄물을 일일이 돌리니 참여도 늘어났고 그렇게 지역 신문을 계속 만들게 되면서 나중에는 지역 주민 공동체에서 손해배상 피해 보상금들을 해마다 주민 지원금 형식으로 받을 수 있게 되었어요. 그때 그런 성과들을 지역 공동체가 더 잘 쓸 수 있게 끌고 갔더라면 아마 더 훌륭한 주민 운동의 사례를 만들었을 텐데 하는 아쉬움이 있기는 하지만요. 제가 당시 시를 한 편 써서 기고했거든요. 〈봉골에 쓰레기를 묻기 전에 여기 민주주의를 묻는다〉라는 시였는데, 제가 지난 2020

년 선거에 나갔을 때 한 분께서 신문에 기고했던 그 시를 갖고 있다고 저에게 보여주시는 거예요. 제가 쓴 시를 책상 밑에 넣어놨다가 꺼내주면서 그때 굉장히 감명 깊게 봐서 여태껏 갖고 있었다는 이야기를 해주셔서 깜짝 놀란 적이 있어요. 과거의 흔적들이 사라지지 않고 누군가의 책상 밑 혹은 기억 속에 살아있다는 걸 느끼게 됐죠(웃음).

창의적으로 세상을 바꾸다

기자 농민 운동을 기존과 다른 방식으로 해온 것으로 많이 알려져 있으세요.

재관 대부분의 사회운동이 그동안 비슷한 방식으로 이어져 왔잖아요. 전단을 만들어 돌리고 집회를 하고 항의 시위를 하면서 권익을 요구하는 게 그동안의 방식이었는데, 저는 그래도 좀 젊었으니까 다른 방법으로 해보고 싶었어요. 당시 농민들 마음속에 있는 요구가 뭔지, 바람이 뭔지 살펴봤어요. 그랬더니 컴퓨터 교육이더라고요.

기자 컴퓨터 교육이요?

재관 예. 90년대 후반이었어요. 밀레니엄이 오기 직전에 컴퓨터가 곳곳에 보급되고 PC 통신이라는 게 지금의 인터넷처럼 유행할 때였어요. 그래서 농민들이 그것에 대한 갈망이 있더라고요. 그래서 마을에 남는 컴퓨터를 모아다가 농민회 사무실에 갖다놓고 겨울이면 농민회 차원에서 컴퓨터 교실을 열었어요. 그랬더니 아주 호응이 좋더라고요. 농민회에서 컴퓨터 교실도 하고 풍물 교실도 하고 그렇게 기존에 해왔던 운동과 좀 다르게 했더니 사람들이 굉장히 좋아했고 이런 게 농민회 조직 강화로 이어지는 거예요. 당시 우리나라가 막 인터넷 시대로 돌입해 전국 어디에서나 글을 써서 올릴 수 있는 시대가 시작되었던 터라 저는 면 단위에 살고 있었지만, 컴퓨터 통신으로 글을 올림으로써 제가 하고 있는 일을 전국에 알릴 수 있는 그런 신기한 경험들을 했죠. 그때 글을 많이 썼어요. 전농 홈페이지 같은 곳에 글을 많이 써서 올렸어요.

기자 지금으로 말하면 페이스북 같은 게 되나요?

재관 아뇨. 당시 PC 통신은 거의 유튜브죠.

기자 그렇네요. 유튜브.

재관 그렇게 인터넷에 글을 써서 올리는 시대가 막 도래했을 때 저는 그런 정보통신 기술을 농민 운동에 접목해 봤어요.

기자 어떻게요?

재관 마을에 들어가서 교육을 할 때 교육 자료를 파

워포인트로 만들었어요. 마을회관에 농민들이 모여 계시면 거기에 빔프로젝터로 큰 화면에 쏘면서 교육을 했죠.

기자 그 당시에요?

재관 너무 신기해하고 좋아하셨어요. 당시 처음으로 저희가 마을 교육에 파워포인트를 도입했는데, 특히 많이 교육했던 게 쌀개방 반대 운동을 어떻게 할 것인지였어요. 여주에 270개 정도의 리가 있는데, 그 마을에 모두 파워포인트 교육 자료를 들고 가서 대부분 마을에서 교육했어요.

기자 마을회관에는 빔프로젝터 시설이 없었을 텐데요?

재관 컴퓨터도 없었죠. 그때는 노트북도 없어서 그 무거운 데스크톱과 빔프로젝터를 직접 들고 다녔어요.

기자 그 무거운 걸 들고요?

재관 네. 직접 들고 가서 마을에 설치하고 마을 분들을 모아놓고 교육했죠(웃음).

기자 신기한 풍경이었겠네요.

재관 사람들의 호응이 아주 좋아서 저희는 늘 파워포인트를 만들어 교육했는데요. 당시는 민주노총에서도 그렇게 안 하던 시절이었어요(웃음).

기자 그때는 법정이나 청문회에서도 파워포인트를 사용하지 않았던 걸로 기억해요.

재관 저희는 아주 효과가 좋았어요.

기자 인터넷이나 정보통신 혁명 시대에 맞게 운동의 형식도 바꿨다는 거죠?

재관 그게 결국 쌀개방 반대 30만 농민 대항쟁의 기적으로 이어집니다.

기자 이 얘기는 뭔가요?

재관　쌀개방 논의는 2002년부터 전면화되고 2004년 들어 완전히 개방되는 국면으로 갔어요. 그런데 2002년은 대통령 선거 국면이었잖아요. 쌀만은 지켜야 한다, 어떻게 하면 쌀을 지킬 수 있을까 고민했죠. 30만 농민을 집결하고 그곳에 대통령 후보들을 불러놓고 우리는 쌀을 지키겠다는 후보에게 투표하겠다는 의지를 보여준다면 그 힘으로 쌀개방을 막을 수 있지 않을까 생각했어요.

기자　농민 30만 명을 한자리에요?

재관　예. 30만 명을 어떻게 모을지 생각하면서 당시 전국 농민회 차원에서 1년 정도 준비를 했어요. 그래서 2002년 11월 13일로 대회 날짜를 미리 잡아놓고 1년 동안 그 대회만 준비한 거예요. 2월부터 준비해서 11월 13일에는 무조건 서울에 간다는 마음으로요.

기자 아무리 1년을 준비한다고 해도 가능할 거로 생각했나요? 30만 명 서울 집결이 쉽지 않았을 텐데요?

재관 쌀이라는 게 우리 농민들의 사활이 걸린 문제잖아요. 농민들도 관광을 많이 다니시는데 한 마을에서 버스 한 대 대절해서 관광도 가는데 버스 한 대 대절해서 쌀개방 반대 집회에 못 가겠느냐 그렇게 생각한 거죠. 그러면 한 마을에 버스 한 대씩 가면 어느 정도 인원일까 계산해 보니 버스 한 대에 한 40명이 갈 수 있겠더라고요. 버스 한 대에 40명씩 1만 대의 버스를 조직하면 가능하겠구나 싶어 PC 통신(인터넷)을 통해 전국의 농민회에 제안했어요. '한 마을에 버스 한 대가 어렵겠는가? 관광도 가는데 목숨이

달린 쌀을 지키려는 집회에 한 마을에 버스 한 대가 못 가겠는가? 이건 가능한 일이다.'라고요. 사람들은 처음에는 반신반의하더니 우리 여주에서 먼저 시작을 해보자고 해서 그 해 2월부터 여러 가지 창조적인 아이디어를 내고 실천을 했어요.

기자 이를 테면요?

재관 마을마다 대자보를 붙이자는 의견이 나와서 실제로 벽보를 붙였어요. 지금까지 해본 적이 없었는데 마을마다 벽보도 붙이고 간담회에 들어가 쌀을 왜 지켜야 하는지 파워포인트로 설명하고요. 전봇대마다 '11월 13일, 서울로 가자.'라는 내용을 2월부터 붙이기 시작했어요. 마치 반공 포스터처럼 전봇대마다 붙이고요. 그렇게 교육하고 알리고 조직하면서 생각한 게 마을마다 버스 한 대를 빌리는 데 드는 비용을 우리가 모금해서 지원해 보자는 데까지 의견이 모였어요. 그때 버스 한 대 빌리는 데 20만 원가량 했거든요. 여주 전체가 100개 마을 정도 되니까 버스 100대를 빌리는 돈을 마련하기 시작했죠. 그러니까 20만 원씩 후원하는 분들이 생기는 거예요.

기자 버스 한 대 후원자시네요?

재관 예. '버스 한 대(20만 원) 비용은 내가 내놓을 수 있다.'라는 분들이 모이고 저희가 버스 비용 마련을 위한 주점도 열고 하면서 버스 100대를 빌리는 비용이 마련됐어요. 그래서 마을에는 '우리가 100대의 버스를 마을에 넣어 드릴 테니 타고 가시기만 하면 된다.'라고 알렸죠. 그랬더니 실제로 여주에서만 102대의 버스가 11월

13일에 서울 집회로 갔어요. 전에는 서울 집회에 갈 때 두 대 정도면 충분했었거든요. 그러다 102대의 버스가 가는 기적이 일어난 거죠. 그런 기적이 여주뿐 아니라 전국 곳곳에서 이뤄졌어요. 실제로 13만여 명의 농민이 그날 모였습니다. 그 인원은 촛불 집회, 그러니까 탄핵 촛불처럼 백만 명이 모이는 집회가 생기기 전에는 어떤 민중 운동도 누구도 해보지 못했던 그런 규모의 집회였어요. 전국 곳곳의 마을에서 사람들이 다 모였고, 그런 기적은 인터넷 시대에 맞게 운동을 조직함으로써 가능하지 않았나 싶습니다.

어떻게 하면 쌀개방을 막을 수 있을까

기자　그런 농민 운동가 최재관이 이제 정치를 만나게 됩니다. 왜일까요?

재관　그렇게 많은 사람이 모였는데도 쌀개방을 못 막더라고요. 13만 명이 모여서 못 막으면 어떻게 하란 말이냐는 생각이 들었죠. 당시에 우리 농민들은 정말 있는 힘을 다했거든요. 그러다 보니 다음으로 생각나는 게 '그럼, 어떻게 하면 막을 수 있을까?' 하는 거예요.

기자 그래서 정치를 생각하신 건가요?

재관 아뇨. 정말 정치에 뛰어든 것은 그로부터도 한참 뒤이고요. 그 전에 갖가지 시도를 다 해봅니다. 예를 들어, 길 싸움이죠. 쌀 전면 개방이 예고된 2004년은 다가오고 생각해낸 게 전국의 농기계를 다 동원해서 전국의 길을 막아보면 막을 수 있지 않을까 싶었죠. 거기에 생각이 미쳐서 또 제안합니다. 사람으로는 막을 수 없으니 유럽처럼 트랙터로 막아보자는 제안이었죠. 그 제안이 또 채택되는 거에요. 그래서 농민들이 2003년에 전국의 고속도로를 트럭으로 한 번 막았어요. 경기도는 30분 만에 끌려 나왔고, 경남에서는 터널 안에 들어가서 1톤 트럭으로

터널을 막아버렸는데, 6시간 만에 길을 터줬대요. 왜냐하면, 임산부가 그 길 위에 서 계셔서 큰일 났다고 길을 터드린 거죠. 그러고 나서 우리나라 법이 하나 바뀝니다. 도로교통법이 바뀌었어요(웃음). 그전까지는 차량으로 하는 집단행동에 대해 처벌 규정이 없었는데 우리가 그거하고 나서 그에 대한 처벌 규정이 생겼어요. 더는 못하게 됐죠. 그래서 2004년에는 트랙터로 하자. 트랙터는 도로교통법 적용을 안 받거든요. 그래서 트랙터로 농민들이 도로를 한 번 막았어요. 그랬더니 수도권은 난리가 났는데 경남이나 전남 같은 곳에서는 경찰도 오지 않고 눈도 깜짝 안 하더래요. 막아봐야 별 타격이 없는 거죠. 그래서 '이렇게 하더라도 개방을 막을 수 없구나, 그렇다면 가능한 방법이 무엇이냐.' 그런 고민에 깊이 빠져 있었는데 그런 끝에 또 홍콩을 갑니다.

기자 홍콩을 왜요?

재관 2005년에 홍콩에서 WTO(세계무역기구) 협상이 벌어지는데 거기서 쌀개방 여부가 최종 결정이 되는 상황이었거든요. 그러면 저곳에 직접 가보자. 우리가 국내에서는 더는 쌀개방을 막을 수 없었지만, WTO 협상장에 가서 협상을 무산시키자. 그런 각오로 홍콩으로 갔어요.

기자 몇 명이요?

재관 농민 1,100명과 시민단체, 노동자 포함해서 1,500명이요.

기자 모두 1,500명이요?

재관 예. 왜 그런 제안을 했느냐면 당시 WTO 협상이 각국의 다른 의견들이 많아서 난항이었거든요.

타결이 굉장히 어려웠어요. 그렇기에 우리가 조금만 더 현장에서 힘을 쓰면 무력화시킬 수도 있다고 생각한 거죠. 그래서 또 홍콩으로 대규모 시위단을 보내기 위해 1년간 준비를 합니다. 홍콩에 비행기 타고 가려면 비용을 모아야 하잖아요?

기자 하하.

재관 홍콩계를 지역에서 월 5만 원씩 모았어요. 남들은 관광도 가는데 우리도 홍콩에 한번 가보자. 그래서 결국 1,500명이 가게 된 거죠. 이것도 유례없는 일인데, 그곳에서 저는 홍콩 투쟁 기획단으로 일주일 먼저 가서 어떻게 싸우면 이길 수 있을지 구체적인 세 가지 전술을 짜게 됩니다.

기자 계획이 있었군요?

재관 우리는 결사적으로 싸워야 하는데 한 명이라도 잡혀가면 안 됐어요(웃음). 왜냐하면, 한 명이라도 잡혀가면 우리 전체가 귀국을 못하니까…. 그래서 결사적으로 싸우면서 한 명도 잡혀가지 않는 방법이 뭘까 연구해보니, 방법은 다 잡혀가는 거더라고요.

기자 다 잡혀가면 다 나올 수 있으니까요?

재관 그런 거죠. 결사적이면서 한 명도 잡혀가지 않고 다 나올 수 있는 방법을 고심하다 세 가지 방안을 생각해 냈어요. 첫 번째는 그때가 12월 초였는데 홍콩의 바닷물에 손을 담가보니 따뜻한 거예요. 한여름 동해보다 홍콩 바다가 더 따뜻하다고 감탄하면서 협상장이 있는 저 멀리 섬을 봤어요. 협상장을 시위대가 올 수 없는 섬에 설치했거든요. 그래서 생각했죠. '그래, 저기까지 헤엄쳐 건너가자.'라고요.

기자 1,500명이요?

재관 '헤엄쳐 건너가자!'. 그렇게 바다에 뛰어드는 전술을 택했어요. 강력하고 절박하지만, 평화적인 방법이었죠.

기자 누구도 생각하지 못한 방법이었네요.

재관 그래서 바다에 뛰어드는 전술을 생각해내고 저희는 구명조끼를 구하러 다녔어요. 수영 못하는 사람들도 많았으니까….

기자 구명조끼 몇백 장을 한꺼번에요?

재관 어렵더라고요. 마침 같이 갔던 분 중에 한 분의 부인이 홍콩사람이에요. 그래서 그 부인과 함께 밤새도록 구명조끼를 구하러 다녔어요. 300장을요. 그런데 구할 수가 없는 거에요. 몇십 장은 있지만 300장을 어디 가서 구하느냐고요. 그렇게 밤새 홍콩 바닥을 다 뒤져서 새벽녘에 결국 300장을 구해서 왔어요. 그리고는 농민들 중 누가 구명조끼를 입고 바다에 뛰어들 거냐 제비뽑기를 해서 뽑힌 사람들이 결국 바다에 뛰어들었죠.

기자　농민들 3백 명이 한꺼번에 겨울 바다로 뛰어든 거네요?

재관　본 사람들은 다들 깜짝 놀랐죠. 저 겨울 바다에 농민들이 구명조끼 하나에 의지해서, 수영 못하는 사람들도 많았는데 그렇게 뛰어들어서 쌀개방 반대를 외치는구나…. 하여튼 홍콩 경찰이 고생했죠. 다 건져내느라고 고생했는데 그리고 나서 다음 날 홍콩 언론의 기조가 바뀐 거예요.

기자　어떻게요?

재관　그전까지는 한국에서 폭도들이 WTO를 반대하

러 온다고 보도했거든요. 홍콩 경찰은 자기들이 경찰서를 충분히 비워놨으니 폭도들을 완벽히 다 잡아넣겠다는 논조였어요. 그런데 농민들이 바다에 뛰어드니까 다음 날 '굉장히 헌신적으로 투쟁한다.'라는 쪽으로 바뀌는 거예요.

‘폭도’에서 ‘성자들’로

기자　한국에서 몰려온 폭도들인 줄 알았는데 알고 보니 다르더라는 거죠?

재관　그럴 수밖에 없는 게 겨울 바다에 뛰어들고 다음 날 우리가 어떤 투쟁을 했느냐면 ‘삼보일배’를 했어요. 처절하지만 평화적인 방식으로, 그것도 1,500명이 동시에 삼보일배를 하는 장관을 연출한 거예요. 1,500명이 동시에 삼보일배를 하면 어떻게 될까요?

기자 글쎄요.

재관 끝이 안 보입니다. 줄이 죽 이어지는 게 끝이 보이지 않아요. 1,500명이 삼보일배 시위를 시작하자마자 기자들이 새카맣게 몰려와서 취재하는 거예요. 그 옆으로 사람들이 다 나와서 구경하고요. 저는 기자들이 그렇게 많았던 이유를 몰랐는데, 지금의 유튜브나 1인 미디어와 많은 것이 비슷하더라고요. 홍콩은 그런 문화가 일찌감치 발전해서 개인 미디어 기자들이 그만큼 많았고, 또 당시 우리나라 드라마 〈대장금〉이 홍콩에서 크게 유행하고 있던 터라 한국에 대한 현지인들의 이미지가 상당히 좋았어요. 그러다 보니 한국에서 온 폭도들(?)에 대한 두려움도 있었지만 궁금했던 거죠. 그래서 상가 문을 다 닫고 홍콩 사람들이 나와서 구경을 하는데, 저희는 마치 연예인이라도 된 것 같더라고요. 구경꾼이 저희 주변으로 빈틈없이 늘어서 있으니까 정말 시위할 맛이 나잖아요. 그렇게 질서정연하게 1,500명이 끝도 없이 삼보일배를 4시간 가까이 진행했어요. 다음 날 홍콩 언론에 '한국에서 성자들이 왔다.', '한국에서 장금이들이 왔다.'라는 타이틀로 보도됐더라고요.

기자 '폭도'가 '성자들'로 변한 거네요.

재관 성자로 바뀌었을 뿐만 아니라, 저희 스스로의 자긍심이 하늘을 찌를 만큼 높아졌어요. 4시간 동안 그 많은 사람이 낯선 나라에서 삼보일배 했으니 거기 참여한 사람들 역시 본인이 감동한 것은 물론이고 자신이 그 힘든 일을 해냈다는, 이렇게 의미 있는 투쟁을 평화적으로 해냈다는 자부심과 긍지가 가슴에 남은 거예요. 물론 엄청난 아픔과 피곤함도 있었지만 이런 투쟁을 함께하는 그 자체가 감동이었습니다. 저는 그래서 당시 홍콩에서의 농민투쟁은 세계사에 남을만한 훌륭한 투쟁이었다고 자평합니다. 우리 농민의 자긍심이죠.

기자 당시 홍콩에 가서 함께 한 농민들은 평생 잊지 못할 추억이겠네요.

재관 그로부터 5년 동안 홍콩에서의 일을 계속 말씀하시는 거예요(웃음). 그만큼 감동적인 일이었는데, 예상치 못한 일이 터졌어요.

기자 무슨 일이요?

재관 저희가 마지막으로 준비했던 투쟁이 모두가 드러누운 채 연행되는 것이었거든요. 그게 가장 안전하면서도 가장 처절한 방법이라고 판단해서 WTO 행사장 앞에 가서 홍콩 경찰들이 막아선 그 대열 앞에 그냥 드러눕기로 했어요. 그런데 잡아가지를 않는 거예요.

기자 예?

재관 밤이 새고 새벽녘이 다 되도록 잡아가질 않더라고요. 나중에는 우리가 잡아갈 거면 빨리 잡아가라고 신호를 줬어요. 왜냐면 당시 홍콩 날씨가 낮에는 반팔을 입고 다니고 밤에는 겨울 파카를 입는 그런 날씨였어요. 그러니까 밤이 되니까 추워 죽겠는 거예요. 그래서 사람들이 빨리 데려가 달라고 오히려 호소하는데 홍콩 경찰들은 새벽녘까지 안 데려가는 거예요. 나중에 알고 봤더니 경찰서를 비우느라고 그랬다는 거예요.

기자 아하. 1,500명이나 되는 인원을 다 집어넣을 공간이 없었군요.

재관 그런 거예요. 한 200명쯤 잡아가려고 공간을 비워놨는데 1,500명이 한꺼번에 와서 시위하니 홍콩 경찰도 난감했던 거죠. 그쪽은 그쪽대로 그 많은 사람을 데려갈 공간을 마련하느라 고생했다고 하던데, 아무튼 그렇게 우리 농민들이 정말 절박하게 싸운 덕분에 홍콩에서의 WTO 합의는 무산됐어요. 그 이후로 지금까지도 지지부진해졌어요. 그래서 결국 그 투쟁은 실패한 투쟁이 아니고 쌀개방을 막아내는 성공한 투쟁이 된 거죠.

기자 농민들이 5년간, 10년간 자랑삼아 말씀하실 만하네요.

재관 맞아요. 그다음 해에 저희가 국제 농민대회를

나갔더니 거기서는 한국 농민들이 거의 아이돌 같은 신화가 되어 있는 거예요.

기자　'나는 전설이다.' 처럼요?

재관　오죽하면 태국 농민들이 저희가 홍콩에서 쓴 세 가지 전술을 똑같이 써서 자국에서 승리를 거뒀다는 경험을 말하더라고요(웃음).

세상을 놀라게 한 친환경 무상 급식

기자 그렇지만 농업 현실은 갈수록 암울해졌죠.

재관 고민이 깊어졌어요. 우리가 그렇게 했음에도 WTO(세계무역기구)나 FTA(자유무역협정) 등을 통해 물밀듯 들어오는 수입 개방을 막을 수 없다는 패배감이 깊게 자리 잡고 있었죠. 그런데 제 눈앞에 놀라운 풍경이 펼쳐집니다.

기자 어떤 풍경이요?

재관 2008년에 광우병 소고기 논란이 터지면서 100만 명의 시민들이 거리로 나오는 거예요.

기자 기억나죠.

재관 그때 제가 놀랐던 건, 우리 농민들이 그렇게 죽겠다고 쌀개방을 제발 막아달라고 호소할 때 국민들은 거리로 나오지 않았거든요. 그런데 광우병 소고기가 들어와서 중학생들이 먹어야 하고 어린이들이 먹어야 한다고 하니 학부모들이, 중학생들이 길거리에 나와서 100만 명의 대열이 만들어지는 것을 보면서 생각했죠. '아, 우리 농업을 지키는 것은 농민들만의 힘으로 가능한 게 아니라 이제 먹거리를 소비하고 있는 소비자들이 주체로 서서 막지 않으면 불가능하겠구나….'라고요.

기자 생산자인 농민과 소비자인 국민이 함께해야 한다는 거죠?

재관 그렇죠. 그래서 국민과 함께하는 농민 운동을 만들지 않으면 우리 농업을 지키는 건 불가능하다는 생각 끝에 '국민과 함께하는 농민 운동 네트워크'라는 조직을 만들게 돼요. 전에는 제가 이렇게 생각했었죠. '얼마나 많은 사람을 모아서 우리의 의사를 전달해야 정부 정책을 바꿀 것인가?', 아니면 '우리가 트랙터나 트럭 등 어떤 물리력을 행사해야 정부의 정책을 바꿀 것인가?'라고요. 그런데 이건 가능한 방법이 아니라는 것을 깨닫게 돼요. 결국, '국민들이 농업과 먹거리의 문제를 자신의 문제로 느껴 이를 정치라는 수단을 통해 해결할 때 비로소 문제 해결이 가능하겠구나!'라는 거죠. 그걸 조직하는 방향으로 가기 위해 '국민과 함께하는 농민 운동 네트워크'를 만들고 그 취지에 동의하는 농민들을 조직해서 기존의 농민 운동과는 다른 방식으로 운동하고 여기서 조금 더 발전시켜서 '자치와 협동'으로 문제를 풀어나가는 거죠. 국민과 함께 운동과 정치가 만나게 하고 지방자치를 통해 많은 구체적인 모범 사례를 발굴하고 농민들의 자생적인 협동 조직을 통해 농산물 출하 조절 등을 해결해 나가는 거죠. 농민 운동이 국민과 함께하는 운동으로 진화하며 소비자와 함께하고 정치의 영역에서 또 '자치와 협동'이라는 수단을 갖고 문제를 푸는 쪽으로 진화하게 된 거죠.

기자 그런 문제 의식이 지난 2010년, 세상을 깜짝 놀라게 한 경기도 친환경 무상 급식으로 이어진

걸까요?

재관 시작은 2008년, 광우병 논란 때 100만 명의 국민을 보고 충격을 받아 국민과 함께하는 농업으로 운동 방식을 전면적으로 바꾼 것이고요.

기자 국민과 함께해야 한다….

재관 그러면서 여주에서 처음으로 '국민과 함께하는 방법이 무엇일까? 소비자와 함께하는 방법이 무엇일까?'를 고민하면서 '학교 급식'이 딱 농민과 소비자가 함께하는 거라는 생각을 하게 됩니다. 농산물을 소비하는 학생들이 있고, 그런 소비자들의 계획적인 소비에 맞춰서 농민들도 계획적인 생산을 하고, 이미 체결된 가격으로 안정적으로 공급하고 공급받는, 이렇게 소비자와 농민이 함께하는 방식으로는 학교 급식이 제격이라는 판단을 했죠. 그래서 경기도 여주에

'친환경 학교 급식 센터'를 개설하며 경기도에서는 처음으로 '친환경 학교 급식 시범 사업'을 만들었고 농민회에서 냉동탑차를 한 대 구매했어요. 냉동탑차로 여주에서부터 시작한 거죠.

기자 콜드체인 시스템을요?

재관 그거죠. 교장 선생님들을 설득하고 경기도 농정국장을 설득해 시범 사업을 받아 여주에서 친환경 학교 급식을 시작했는데 처음에는 초등학교부터 했어요.

기자 그리고는 중학교 급식까지 확대된 건가요?

재관 냉동탑차 한 대가 두 대가 되고 석 대가 되더니 다섯 대가 되며 여주 전역으로 친환경 급식이 확산된 거예요.

기자 대단하네요.

재관 2009년에 시범 사업으로 시작했는데, 2010년에 경기도 친환경 무상 급식이 전국적인 이슈가 되면서 우리 사례가 전국적으로 확산하는 계기가 됐죠.

기자 그게 여주에서부터 시작됐던 거군요?

재관 학교 급식의 새로운 신기원이 열리게 된 거죠. 사실 그전에는 친환경 농산물을 어렵게 생산해도 정부가 친환경 농사를 지으면 사준다고는 했지만 실은 판로가 없어서 정말 고생을 많이 했어요. 힘들게 생산해봐야 시장에 나가면 일반 농산물보다 가격을 못 받을 때였는데, '학교 급식'이라는 시장이 열리면서 우리나라 친환경 농업에도 획기적인 기회가 열렸고, 우리 농민 운동도 기존 틀에서 조금 벗어나 소비자와 함께하는 운동으로 지평을 넓힐 수 있게 된 거죠.

법과 기준을 세워 수입쌀을 막다

기자 'Non-GMO 학교 급식' 운동까지 벌이셨어요?

재관 거기까지 가려면 우선 이 이야기부터 드려야겠네요. 친환경 학교 급식이 2010년부터 전국화됐잖아요. 그러고 나서 2013년 들어 또 제가 했던 일 중에 '혼합미 금지법' 제정 작업이라는 게 있었어요. '혼합미 금지법'이 필요하다고 생각한 계기는 뭐냐 하면, 우리 쌀 농가들이 3년 연속 흉년이 든 적이 있어요. 그렇게 흉년이 들면 보통 쌀값이 오르잖아요. 그런데 이상하게도, 3년 연속 흉년이 들었는데 쌀값이 더 내려가는 거예요.

기자 아니 왜요?

재관 도저히 이해가 안 되잖아요. 왜일까 궁금해하고 있었는데, 그때 누가 저에게 제보합니다.

기자 무슨 제보일까요?

재관 광주 곤지암에 있는 어떤 마트에 갔더니 겉포장에는 국내 쌀인 '이천쌀'이라고 표기되어 있는데 가격은 아주 싸더라고요. 당시 이천쌀이 3만 5천 원정도 하던 시절이었는데 이건 거의 2만 원대로 너무 싸게 판다고 해서 들여다봤더니 '이천쌀'이라고 표기해놓고 95% 수입쌀에

5% 국내산 쌀을 섞었더라고요.

기자 헐, 우리 쌀에 수입쌀을 섞어놓고 그걸 '이천쌀'이라고 싸게 팔았군요.

재관 그런 제보를 받은 거예요. 즉시 현장을 가보고 현황을 파악해 봤습니다. 그랬더니 정말 수입쌀이 엄청나게 들어와 이런 식으로 시중에 풀리면서 국내 쌀값의 발목을 잡고 있는 겁니다. 쌀이 모자란 데도 쌀값은 떨어지는 기이한 현상의 원인이 바로 수입쌀과의 혼합미였던 거죠. 그래서 여주 농민회 분들과 함께 수입쌀 혼합미 금지 서명 운동을 하고 한편으로 국회를 설득해서 '혼합미 금지법'을 국회에서 제정하게 합니다.

기자 그 후 혼합미는 없어졌나요?

재관 없어졌어요. 그 후 수입쌀들이 판로를 잃고 거

의 창고에서 썩게 한 그런 법안이 된 거죠.

기자 대단합니다. 법을 바로 세워 수입쌀의 혼용을 막은 거네요.

재관 그런 셈이죠.

기자 그리고는 미국 쌀의 비소 문제를 제기하셨네요. 이건 또 뭡니까?

재관 미국산 쌀에 비소가 많이 들어있다는 걸 알게 됐어요. 이것도 어느 날 우연히 자료를 보다 알게 된 건데 미국에서는 아이들에게 쌀을 먹이지 말라는 권고를 하고 있더라고요. '어? 이게 뭐지?' 하면서 들여다보니 미국산 쌀에 비소가 많이 들어 있는 거예요. 비소는 예부터 누군가를 독살시키는 데 쓰여 온 독극물이잖아요. 그런 비소가 우리 농산물과 비교하면 상대적으로 미국산 쌀에 많고 미국산 포도 주스나 사과 주스에도 많은 거예요. 토양에서 작물 뿌리를 통해 흡수할 때 미국 토양에는 우리나라보다 비소 함량이 높아서 더 많이 검출되는 거였죠. 이런 사실을 접하다 보니 '야, 이게 잘하면 수입산 쌀을 막을 수 있는 비관세 장벽이 될 수도 있겠구나.'라는 생각이 드는 거예요. 미국 토양에는 비소 함량이 우리나라보다 높으니 우리가 비소 허용치 기준을 잘 정하기만 하면 식품 안전 기준만으로도 자연스럽게 미국산 쌀의 수입을 막을 수 있겠더라고요. 그래서 더 공부하고 더 들여다보고 있었는데, 갑자기 우리나라에서 우리 스스로 식품안전 기준을 미국산 기준에 맞춰 완화하겠다는 보도가 나오는 거예요. 이건 아니다 싶어 반대 운동을 조직하고 국회 토론회까지 열면서 우리 쌀의 비소 허용 기준을 미국산 기준에 맞춰 내리지 못하도록 결국 막아냅니다.

기자 소관부처가 식약처(식품의약품 안전처) 아닌가요?

재관 예. 그래서 식약처랑 계속 싸웠죠. 계속 싸우다 2년~3년 후 식약처가 기준치 낮추는 것을 강행해요. 그래서 다시 항의했죠. 당시 정작 미국에서는 영유아의 경우 비소 섭취 기준치를 절반으로 낮췄어요. 영유아 건강을 생각해 기준을 더 강화한 거죠. 그 사실을 제시하면서 '미국은 이렇게 바꾸고 있는데 우리는 과거 미국 기준을 따라가며 완화한다는 건 말이 안 된다.'라고 문제 제기를 계속하면서 결국 우리나라에서도 영유아의 경우 미국과 같은 수준으로 기준치를 조정하는 수준에서 봉합합니다.

기자 그만큼 우리 관공서가 큰 나라 기준에 호의적이

고, 이에 맞서는 시민으로서 또 농민으로서 당연한 문제를 제기한 건데 상대방으로서는 '참 집요하다.'라는 생각을 했을 듯싶네요(웃음).

재관 그렇죠. 저로서는 간절했어요. 어떻게 하면 우리 쌀을 지킬 수 있을까, 수십만 농민들의 시위로 지킬까, 물리력으로 지킬까, 정치로 지킬까, 앞서 혼합미 금지법으로 지킬까, 비소 기준으로 지킬까, 하여튼 집요하게 쌀을 지킬 방안을 연구했죠. 그런 연장선 속에 이번에는 GMO…. GMO에 꽂힙니다.

기자 유전자 변형 생물체죠. GMO(Genetically Modified Organism) 아니 환경 운동까지 하셨어요?

재관 수입 농산물이 다 GMO잖아요.

기자 아, 그 차원에서요.

재관 우리나라에서 GMO 반대 싸움은 수입 농산물 반대 운동이 될 수 있기에 우리 농산물을 지킬 수 있는 아주 유력한 방법이라고 판단했어요. 우리 농산물이 수입산에 비해 가격은 비싸도 Non-GMO, 즉 GMO가 아니라는 차별성을 갖고 있기에, 특히 유럽은 그런 비관세 장벽의 하나로 Non-GMO 운동을 많이 하고 있었고 대만도 Non-GMO 농산물과 식품으로 학교 급식을 시작했었죠. 우리는 특히, 거의 80% 이상 수입에 의존하는 나라이기에 GMO 반대는 소비자의 건강권이나 알권리 보장뿐 아니라 80% 이상의 수입산 농산물을 국내산으로 대체시키는 현실적인 농업 살리기라고 생각했어요. GMO 반대 운동 전국 연합을 만들고 그런 가운데 Non-GMO 학교 급식 운동을 본격적으로 추진

했죠.

기자 그래서 농생물과 출신이 GMO 반대 운동에 앞장선 거군요(웃음).

재관 (웃음). 그래서 지금 경기도 학교 급식이 Non-GMO 방향으로 가고 있고, 전남도 그런 쪽으로 가면서 전국 대부분으로 확산하고 있어요.

기자 참 일관됩니다. 어떻게 하면 우리 쌀을 지킬까, 수입 농산물을 막을까 이런 고민이 다양한 영역으로 계속 확장됐네요.

재관 그렇죠. 거의 한 30년? 좀 끈질기게 했던 것 같아요.

기자 그러다 2018년에 청와대 농어업 비서관으로 공직 생활을 하게 됩니다. 이것도 쌀을 지키겠다는 연장선이었나요?

청와대 비서관 시절의 아쉬움

재관 그러니까 그때도 제가 생각했던 것은 우리나라 농업을 지키는 방법 중 당시 가장 유력하게 봤던 게 '학교 급식'이었는데 그건 일단 성공했잖아요. 학교 급식은 대성공이었죠. 실제로 우리나라 학교 급식이 세계에서 제일 잘합니다. 학교 급식 농산물의 품질이 호텔보다 좋아요.

하루에 생산 및 공급이 이루어지며 친환경이고 농산물 이력도 다 나오고…. 전 세계 최고인 우리 급식 시스템을 어떻게 하면 좀 더 넓은 국민의 영역으로 확장할 것인가를 고민하고 있었어요.

기자 그걸 '공공 급식'이라고 하나요?

재관 그렇죠. 그래서 학교 급식에서 공공의 영역으로 급식 시장을 넓히기만 하면 우리 농업에서 많은 부분을 해결할 수 있다고 봤어요. 그런데 이건 '정치의 영역'이잖아요. 그래서 끈질기게 공공 급식 확대에 대한 요구를 대통령 선거 국면에서 제기했어요. 공공 급식 특별위원장 자격으로 당시 대통령 후보를 모셔놓고 대선 후보 토론회를 한번 했었죠. 이후 '국민과 함께하는 농민 운동 네트워크' 차원에서 500명과 함께 '공공 급식은 우리 농업의 대안'이라고 공식 제안을 했고, 그런 맥락에서 학교 급식을 공공 급식으로 확대하는 비전도 제시했어요. 그런 비전을 직접 실현해 보려고 2018년에 청와대 농어업 비서관으로 가게 된 거죠.

기자 아, 그래서 문재인 정부에서 군대 급식 이야기가 나온 거였군요.

재관 들어가자마자 대통령님과 식사하는 자리에서 공공 급식을 하자는 제안을 드렸어요. 공공 급식 중 제일 쉬운 것이 군대 급식이라고 했더니 대통령님께서 진행하라고 하셔서 공공 급식 차원의 군대 급식을 도입하게 됐죠.

기자 당시 화두는 쌀값 아니었나요? 워낙 이전 정부에서 쌀값이 내려가 있어서 쌀값이 올라야 하는데, 당시 보수 언론에서는 물가 폭등의 주범이 쌀값인 것처럼 융단 폭격을 했잖아요.

재관 맞아요. 제가 청와대 비서관으로 갈 때만 해도 쌀값이 폭락해 있었어요.

기자 많이 폭락해 있었죠.

재관 박근혜 후보 공약이 17만 원이던 쌀값을 21만 원으로 올리겠다는 거였어요. 21만 원 공약이었는데 박근혜 정부 말기에 쌀값은 12만 7천 원까지 떨어졌죠. 17만 원인 쌀값을 21만 원까지 올리겠다고 대통령이 직접 공약했는데 해마다 17만 원에서 16만 원, 15만 원, 14만 원, 12만 원까지 떨어진 거예요. 그래서 제가 문재인 정부 청와대에 들어가서 제일 먼저 했던 게 쌀값을 정상화시키는 부분인데, 사실 쌀값 정상화는 복잡하지 않아요. 간단해요.

기자 어떻게요?

재관 복잡하지 않은 이유가, 우리 농민들이 잘 싸워서 쌀 수입 개방을 사실상 막고 있어요. 513% 관세로 개방되고 있지만 그런 조건을 맞춰 들어올 수 있는 쌀이 없어서 사실상 막고 있는 거예요. 의무 도입량도 해마다 똑같은 양이 들어오기 때문에 수입쌀은 큰 문제가 되지 않고, 그러면 국내 쌀 시장 가격은 남아 있는 쌀 재고량에 연말 재고를 얼마에 맞출 거냐가 결국 쌀값을 결정하게 된다는 거죠. 시장의 수요 공급에 맞춰 쌀 재고량만 조절하면 얼마든지 가능합니다. 그래서 정부가 연말 재고량을 줄이면 당연히 시장에서의 쌀값은 올라간다는 거죠. 쌀 연말 재고를 우리 정부가 공공 비축으로 확대해 버리면 거기에 투입되는 돈이(쌀을 정부가 수매해서 보관하는 그 비용) 그걸 안

하고 나중에 시장에서 쌀값이 폭락해서 정부가 농민들에게 보조금을 주고 직불금으로 나가는 비용보다 싸더라는 계산이 나와요. 미리 대처하면 농민도 좋고 정부 예산도 더 효율적이라는 거죠. 그래서 연말 재고를 장악하면 쌀값을 정상화시킬 수 있으므로 그것을 장악했어요. 그렇게 연말에 공공 비축 물량을 적정 재고 수준으로 맞춰버림으로써 비상 상황에도 대비하고 쌀값은 정상화 수준으로 회복되기 시작했죠.

기자 어쨌든 국가 재정 투입 부분에 대해서는 논란이 있었을 것 같은데요.

재관 그렇죠. 당연히 국가 재정이 매년 많이 들지 않느냐는 목소리도 나왔죠. 당연히 많이 드는데, 국가 재정이 적게 들게 하기 위해서는 그다음 해에 심을 면적을 통제하면 그게 재정 부담을 줄일 수 있는 효율적인 방법이라고 봤어요. 쌀 생산 자체를 적정 수준으로 줄이는 게 가장 재정 부담이 덜하면서도 시장에 효과적인 가격 지지 대책이라는 거죠. 그래서 쌀 생산 조정제를 적극 설계했어요. 쌀농사에서 다른 작물로 자연스럽게 넘어가게 해서 밀이나 콩과 작물의 생산량을 높이고 쌀 생산은 소폭 줄이는 방법이 성공하기도 했죠.

기자 그때 쌀값은 어느 정도였나요?

재관 거의 그 당시로는 20만 원 이상이었어요.

기자 조선일보에서 물가 폭등의 주범이라고 비판할 만하네요.

재관 난리 났죠. 그 당시에 물가가 또 오르고 있었고 당시 핵심 문제가 뭐였느냐면 최저임금 인상이었어요. 그게 사회적 화두였기 때문에 소상공인들이 죽겠다고 하던 시절이었거든요. 여기에 쌀값마저 올라가면 어떡하느냐, 농산물값은 잡자는 논리로 보도되어 들어오는데, 그러나 우리는 쌀값은 양보할 수 없었죠. 왜냐하면, 농민 목숨 값이라는 쌀값은 지난 수십 년 동안 묶여 있었고 지금도 생산비가 제대로 보장이 안 되는 상황이었는데 여론이 좋지 않다고 호락호락할 수는 없었죠. 그렇지만 경제수석실에서는 계속 메시지가 왔어요. 깎아라, 낮춰라….

기자 얼마에서 얼마까지 올라간 거죠?

재관 12만 7천 원에서 19만 3천 원까지 올라갔어요. 공식 통계로는요.

기자 거의 6만 원가량이 올랐네요. 그런데 직전 수치

로 비교하면 엄청나게 오른 것이지만 긴 흐름에서 이건 정상화 수준이라는 거죠?

재관 저희는 정상화라고 말하고 있었고 경제 수석실에서는 매일같이 저를 불러다 놓고 '당신은 농민만 생각하느냐?', '지금 최저임금 때문에 정부가 엄청난 비판을 받고 있는데 이렇게 계속 버틸 거냐?'라고 하소연했어요. 사실 쌀값 상승세를 꺾는 방법은 간단해요. 쌀을 풀면 상승세가 완화됩니다. 앞서 쌀을 정부가 수매해서 보관하면 시장 쌀 가격이 오르듯 보관된 쌀을 시장에 풀면 가격이 내려가는 아주 간단한 방법이 있기 때문에 경제 수석실에서는 쌀을 풀라고 했죠. 수확기에는 못 푼다고 버티니까 결과적으로 수석 밑의 비서관이 수석 말을 듣지 않는 고집쟁

이가 된 거죠. 그래서 굉장히 괴롭힘을 당했는데 이렇게 있어서는 버틸 방법이 없겠더라고요. 그래서 대통령께 직접 보고하는 자리를 만듭니다.

기자 그러면 더 크게 찍혔겠네요. 윗사람을 패스하고 대통령을 직접 만난다고 하니까요.

재관 그렇죠. 대통령께 직접 보고하는 자리를 만들었으니 경제 수석은 기분 나쁘죠. 패싱인 셈이니까요. 아무튼, 쌀값 현안에 대해 직접 보고를 드렸고 그 자리에서 대통령이 훌륭한 말씀을 해요. '커피 한 잔 보다 쌀이 싼데 제값을 받도록 정부가 노력하자.'고요. 이렇게 말씀하시며 논란이 일거에 정리됐어요. 사실 대통령의 역할이 그런 판단을 내려주는 거잖아요. 대통령의 한마디로 모든 논쟁이 그냥 일거에 싹 정리가 됐어요. 경제 수석도 저를 안 괴롭히고 쌀값 보장 정책을 계속 쓰게 된 거죠.

기자 그런데 정권 말기에 결국 쌀값은 폭락했는데요?

재관 기재부나 농식품부 같은 정부 부처들이 대통령의 뜻을 제대로 받들지 않으면서 임기 마지막 해에 많이 내려가게 됐다고 봅니다.

기자 그 뒤 정권이 바뀌고 요즘 쌀값 상황을 보면 심정이 남다르실 것 같아요. 다 무너졌잖아요.

재관 거의 다 무너졌죠. 당시에는 대통령의 의지가 있었기 때문에, 그리고 저도 비서관으로서 의지가 있었기 때문에, 의지가 있으면 현행 제도로도 얼마든지 쌀값 정상화가 가능한데요. 지금은 그런 정부의 의지가 없어서 정책으로 할 수 있는 걸 못하니까 법으로 강제하게끔 양곡관리법을 개정했죠. 쌀이 일정 부분 이상 남으면 무조건 자동 격리하도록요. 그런데 이 법조차 대통령이 거부권을 행사하는 바람에 해마다 농민들은 쌀값 투쟁을 해야 하고 농사를 지으면서도 늘 걱정해야 하고 그런 어려움에 부닥쳐 있죠.

미완의 농지 데이터베이스

기자 청와대 비서관으로서 힘을 쏟은 부분이 우리밀 생산 기반의 조성이라고 들었어요. 이건 식량 자급 차원인가요?

재관 사실은 그 역시 우리 쌀을 지키는 부분이자 우리 농업의 고질병, 즉 생산량 조절이 안 되는 문제를 체계적으로 풀어보고 싶었기 때문이에요.

밀 사업부터 말씀드리면, 공공 급식을 활성화시켜 우리 밀 생산량을 좀 더 늘려보는 사업이었어요. 우리가 밀 자급률이 1%도 안 되잖아요. 그런 밀 자급률도 높이면서 사실은 이게 쌀 생산량을 줄이는 효과가 있어요. 밀과 이모작을 하게 되면 쌀 생산량이 자연스럽게 조금 줄고 쌀값도 안정되니까 두 마리 토끼를 다 잡는 거죠. 밀 생산을 늘려서 쌀 생산을 줄이고 밀 작업률을 높이고 공공 급식에서 그걸 소비해 줌으로써 새롭게 우리 농업을 살릴 수 있다고 생각했어요. 그래서 국산 밀을 위한 '우리 밀 생산자 연합회'를 조직해요. 청와대에 들어가기 전, 이런 조직이 만들어졌고 그 뒤 정책적 지원 과제를 파악했어요. 사실 우리 밀 운동이 꽤 오래전부터 진행됐지만, 시장에서 큰 영향력을 발휘하지 못했던 이유가 밀의 시장 유통 상황에 맞게끔 생산이 따라가지 못했기 때문이에요.

기자 조금 더 구체적으로 말씀해주신다면요?

재관 밀은 세 가지가 달라요. 예를 들어 똑같은 밀 농사인데 강력분, 중력분, 박력분, 이런 식으로 다르게 유통돼요. 쌀하고 달라요. 밀은 그 단백질 함량에 따라 빵을 만들거나 국수를 만들거나 과자를 만들거나 용도가 확연히 다르거든요. 그러니 용도에 맞게끔 다른 품종으로 다르게 생산해 그것에 맞게 저장하고 관리해 유통해야 하는데 우리 밀 운동에서는 이런 차이를 구분하지 않고 해버리니까 시장으로서는 품질이 너무 낮은 거예요. 설령 수입 밀 가격으로 우리 밀을 확 낮춰서 준다고 해도 회사가 못 받는 거예요. 개별 농가 입장에서는 해결하기 힘든 과제였죠. 그래서 이걸 해결하는 길은 생산자 연합회를 조직해서 이분들이 계약 재배를 이뤄내면서 생산 단계에서부터 품종별로 수매하고 관리하고 가공하는 시스템으로 가야겠더라고요.

기자 이제 조금 이해가 되네요.

재관 그래서 밀 생산자 연합회를 먼저 만들자고 농가들을 설득해서 생산자 연합회를 만들었어요. 마침 청와대에 들어가면서 밀 육성법을 만들어서 기본적인 법제도적 체계를 잡고 생산과 가공, 유통하는 것으로 진행하게 됐죠. 여기에 농가에서 생산된 우리 밀을 군대 급식에 넣고 계약 재배하는 데 가교 역할을 했습니다.

기자 생산 단계에서부터 물량 조절이 들어가야 한다는 거군요?

재관 그렇죠. 제가 청와대 생활에서 제일 중요하게 생각했던 게 우리나라 농산물 가격이 안정되지 않는 이유에 관한 거에요. '왜 우리 농산물은 매년 이 작목 저 작목, 폭락을 거듭할까? 그렇지 않으면 또 너무 갑자기 가격이 올라서 긴급 수입 조치를 부를까?'였어요. 그 핵심은 산지에서 생산을 조절하지 못하는 경우가 많아요. 물론 생산을 조절하고 시작해도 기후 변화로 예측하기 힘든 게 농업의 특성이기는 하지만 그렇다고 해도 기본적인 생산량 예측과 조절은 필요하거든요. 산지에서 이런 조정을 하지 않고 다 생산해놓은 뒤 판매할 때 가격을 조절하려고 하면 이게 안 되는 거예요. 돈도 굉장히 많이 들어가고 돈을 들여도 폭락을 막을 수 없어요. 그래서 유럽 같은 경우는 생산 면적 자체를 조절해요. 물론 날씨 때문에 완전히 조절되지는 않지만 1차적으로 산지 생산 면적을 조절함으로써 기본적인 예측이 되니까 이후 대응도 빠르게 이뤄지는 거예요. 유럽에서는 이게 이루어지는데 알고 보니 '데이터베이스'를 통해 하고 있더라고요.

기자 데이터베이스요? 산지의 생산 데이터베이스를 다 모아서 분석한다고요?

재관 그러니까 내가 내 땅에 뭘 심을지를 미리 신고해서 그 작물을 심으면 정부로부터 직불금을 받는 식으로 진행돼요.

기자 만일 신고한 대로 심지 않으면 직불금을 못 받고요?

재관 그런 식으로 생산량 조절과 예측을 하는 거죠.

기자 그런데 그 많은 농경지의 데이터를 어떻게 다

수집할까요?

재관 드론이 하늘에 떠서 경지를 쭉 찍어보면 비전 인식을 해요. 예를 들면, 왜 당신은 고추를 심는다고 해놓고 지금 배추가 찍히느냐, 그러면 컴퓨터로 에러 표시가 뜨면서 농민에게 통보가 가죠. 그러면 농민이 다시 신고해야 직불금이 나가는 식으로요. 그런 과정에서 전국에 지금 배추가 얼마나 심겼고 고추가 얼마나 심겼고 예측하고 분석하는 게 가능합니다.

기자 IT 기술을 농사에 접목한 아이디어 중 제일 거대한 것 같은데요?

재관 물론 우리나라는 국토 면적이 작고 경지 규모도 작기 때문에 정확한 실측이 힘들다는 의견도 많은 게 사실이지만, 텃밭에 고추 조금 배추 조금 이렇게 조금씩 농사짓는 분들은 어차피 시장에 영향력을 주는 물량이 아니에요. 그런 소규모 농사는 크게 관심을 안 둬도 되고 주요 산지에서 주요 작물로 전업하는 분들의 데이터베이스만 확인돼도 실시간으로 재고 파악이 되고 생산량 수요가 계산되기 때문에 이건 엄청 중요한 작업이라는 거죠. 우리 농업 문제 해결의 근본이에요. 그리고 이것은 IT 강국인 우리나라가 세계에서 제일 잘할 수 있는 일이라는 거죠.

기자 실제로 정책화시켰나요?

재관 했어요. 많이 설득하고 추진해서 현재 17개의 데이터베이스가 통합됐어요. 예를 들어 농가에서 소를 키우면 그 소들에서 발생하는 축산 분뇨의 양이 어느 정도 나오고 가축 방역 상황은 어떻게 되고 그런 식으로 소와 닭과 돼지와 주요 작물과 쌀과 이런 게 다 데이터베이스화됐어요. 다 됐는데 제일 중요한 게 빠졌어요.

기자 뭔가요?

재관 누가 그 땅에서 농사를 짓고 있는지 실경작자를 정확히 파악하는 게 직불금을 주는 근거 가운데 제일 중요한 정보거든요. 그런데 이 부분에 대한 데이터베이스 작업이 정치적인 문제가 되더라는 거죠. 정치적 결단이 필요한 과정인데 이걸 하게 되면 제가 볼 때는 우리 농업 문제에 많은 걸 해결할 수 있다는 거죠. 화두는 던져졌고 진도도 나갔는데 가장 중요한 이 부분 때문에 미완의 데이터베이스 작업이 된 거죠.

기자 '누가 그 땅에서 농사를 짓고 있는지에 대한 데이터베이스는 정치적 과제이다.'라는 의미는 혹시 청문회에 늘 등장하는 고위 공직자들의 농지법 위반, 부재지주, 이런 거 아닌가요?

재관 제가 제일 하고 싶었던 게 '공익형 직불제'라고 농산물 가격에 연동해서 지원해주는 게 아니라 스위스처럼 경관 보전 농업이나 친환경 농업, 식량 작물 농업 등 공익적 활동에 대해서 직불금을 주는 방식으로 바꾸고 직불금 규모를 농업 예산의 절반 정도까지 끌어 올려 농가 소득을 안정적으로 보장해주는 방식으로 근본적으로 바꾸려 했거든요. 그런데 그렇게 직불금 구조를 바꾸려면 농사를 짓지 않으면서도 서류상으로 농사를 짓는 것처럼 올려놓는 부정 수급을 없애야 하는데, 그게 지금까지 농지법 운영 과정에서 부재지주 문제가 투명하지 않다 보니 공익형 직불제 자체가 성사가 안 되는 그런 과정에 있었어요. 그래서 부재지주 문제도 투명하게 만들고 직불금도 강화시키는 차원에서 생각한 게 누가 실제로 농사짓는지 이걸 데이터베이스화시켜 실시간으로 드러나게 해버리자, 그러면 꼼짝 못하지 않겠느냐 해서 그 부분을 제안으로 올렸는데, 정치적 이유 때문에 못했죠. 그런데 실경작자 부분을 확인하지 못하면 '공익형 직불제' 제도를 근본적으로 바꿀 수 없으므로 여전히 지금 해결하지 못하고 있는 과정이에요. 아마 앞으로 이게 제대로 되기 위해서는 누가 실제로 농사짓고 있는지에 대한 투명한 정보 수집과 공개는 물론이고, 기존의 상속이라든지 다양한 이유로 부재지주로 되어온 분들이 자연스럽게 현지 농민들에게 농지를 맡길 수 있도록 하는 제도 개선이 필요하다고 봐요.

기자 예를 들면요?

재관 예를 들어, 농지은행 제도 같은 거죠. 헌법에는 농지 임대차를 허용하고 있지 않지만, 농지은행에 맡기면 임대차를 합법화하는 방법이 있고요. 또 하나는 본인이 직접 자경을 해야만 양도소득세를 감면해주는 제도가 있는데, 이 제도를 없앨 필요가 있어요. 이미 많은 분이 자경을 해왔고 8년 자경하면 양도소득세를 감면해준다는 조항 자체가 농민들에게도 실질적인 도움이 되지 않기에 없애면 오히려 더 투명해질 수 있는 계기가 됩니다. 이런 정책 수단을 통해 완전히 투명화시키는 쪽으로 가면 되지 않을까 생각합니다.

기자 하긴 요즘 청문회 보면 농지법 위반은 너무 흔한 일처럼 되고 있어요. 사실 농민들에게 정말 중요한 사안인데 말이죠.

재관 가장 큰 문제가 부정수급 때문에 공익형 직불제로 가고 싶어도 아예 제도 전환 자체를 할 수 없으므로 저는 근본적으로는 바뀌야 한다고 봅니다.

2장

국민의 길

"이제 조사보다는
수사가 필요한 시점에 다다랐어요.
서울~양평 고속도로는
그들의 무덤이 될 거로 생각합니다."

계란으로 바위 치기

기자 2020년 4월에 열린 21대 총선 얘기로 가보도록 하겠습니다. 수십 년 보수 텃밭에서 민주당 후보로 출사표를 던졌어요. 상대는 3선 군수 출신의 단일 후보이고요. 이건 뭐, 주변에서 이런 말씀 많이 듣지 않으셨어요? 계란으로 바위 치기라고요.

재관 결국 저도 평생 농민 운동을 해왔고 어떻게 하면 우리 농업과 농촌을 지킬까 고민해왔는데 그 끝에 정치가 있더라고요. 결국은 정치로 해결할 수 있는 문제였고, 물리력이나 시민단체 활동으로 할 수 있는 것도 한계가 보였어요. 결국, 정치를 통해서 국가 권력을 통해서 또는 지방 권력을 통해서 제도를 바꾸는 것만이 우리 농업을 지킬 수 있다고 생각했기 때문에 정치는 매우 중요한 운동의 영역이자 농업을 지키는 종착점이라고 여겨 힘들지만 가야 할 길이라고 봤어요. 이 길을 누군가는 가야 우리 농민들에게 도움이 되겠다고 생각했고요. 우리 농민들께서도 '네가 청와대를 나온 건 좀 아쉽지만 어쨌든 정치를 통해 우리 뜻을 대변해 줄 사람은 필요하다.'라는 뜻을 전해주셨어요. 솔직히 국회의원 300명 중 농민의 뜻을 진정성 있게 대변하는 사람이 몇이나 되느냐는 의구심들이 오래전부터 있었기에 그분들의 오랜 요구를 생각하면 정치도 운동하는 심정으로, 계란으로 바위를 치든 더 큰 것을 치든 일단 부딪쳐서 헤쳐나가겠다는 생각을 한 거죠.

기자 혹시 그런 생각은 안 해보셨나요? 왜 꼭 여주양평이어야 할까? 너무 어려운 지역인데 말이죠.

재관 한 번도 안 해봤어요. 제가 여주에 뼈를 묻겠다고 생각하고 농촌에 들어왔잖아요. 사실 처음 몇 년간 농사를 지어보니 후회가 되더라고요. 이렇게 힘든 줄 알았으면 안 왔을 텐데…. 그런데 어떻든 들어와서 그 어려운 시간을 견뎌냈고 또 그런 고통을 겪은 게 나중에 제가 농업 정책을 만드는 데 너무나 소중한 자산이 되더라 고요. 농사해본 사람과 안 해본 사람과는 실제 농촌 주민들이 어떻게 느끼고 있는지 진짜 핵심 문제가 무엇인지 파악하는 데 있어 완전히 달라요. 저처럼 농사를 직접 체험해 본 사람이 정치에 뛰어드는 것도 나름의 가치가 있다고 생각했고 여주 양평은 당연히 저의 삶의 터전이었기에 어떤 의심도 없었죠.

기자 정말 단 한 번도 다른 지역을 꿈꿔본 일이 없으셨나요?

재관 저는 생각해 본 적이 없는데 우리 어머니는 이야기하시죠. '너는 왜 거기 가서 나온다고 하느냐, 전라도에 가서 농사를 짓든지 전라도에 가서 나오지.'라는 말씀을 하셨는데 저는 뭐 크게 생각해본 적이 없습니다.

최재관은 여주 사람이 아니다?

기자　아니나다를까 선거 초반부터 상대 진영에서 이런 얘기가 흘러나왔어요. '최재관은 울산 사람이다. 여주 사람이 아니다.'라고요.

재관　굉장히 서운했죠. 30년을 여주에서 살았는데….

기자　아이들도 여주에서 다 낳았죠?

재관 세 아이를 다 여주에서 낳고 학교 보내고 그렇게 키웠는데요. "제가 여주 사람이 아니면 성남 사람입니까? 도대체 몇 년을 살아야 여주 사람이 됩니까?" 지역이 성장하기를 바란다면 배타적인 지역 연고주의를 버려야 합니다. 상대 진영에서 망국적인 지역주의를 들고 나온 거죠. 저는 평생 동안 농민 운동을 하며 농민들과 함께 해왔습니다. 제가 어디에 살든지 온 힘을 다 하는 것이 중요하고 저는 한반도가 내 지역구라고 생각합니다(웃음). 하여튼 당시에는 그런 게 문제가 됐었어요.

기자 농민 운동을 하면서 공무집행방해로 벌금형을 받은 사실도 선거 과정에서 노출되잖아요. 그러다 보니 말 많은 선거판에서는 전과 기록이 있다더라, 서울대 나온 사람인 줄 알았더니 전과 있는 운동권이다, 뭐 이런 시각도 있었던 것 같고요. 제가 또 이런 말도 들었어요. 민주당 내부의 후보 검증 과정에서 '당신이 농민 운동가로서 정부의 FTA 정책 반대 운동을 벌이다 벌금형까지 맞았는데, 그 후 청와대 비서관 경험을 한 지금 만일 그와 똑같은 상황이 벌어진다면, 그때는 어떻게 대응하겠느냐, 그때처럼 시위하겠느냐 아니면 다르게 대응하겠느냐.' 뭐 이런 질문도 받았다고 들었어요.

재관 전 지금도 그런 상황이 오면 똑같이 할 거라고 답했죠(웃음). 왜냐하면 WTO(세계무역기구) 체제에서 벌어지는 한미 FTA(자유무역협정)에서 굴욕적인 소고기 수입 조건을 비롯해 몇몇 국익에 위배 되는 부분들이 있었고, 또 우리 농업을 지키기 위해서는 당연히 반대할 것은 반대하는 목소리가 필요하고, 또 그럼으로써 정부 입장에서는 그게 외교력이자 협상력이기 때문에 사실은 필요한 부분입니다. 당시 그런 움직임을 통해 농민들의 권익을 옹호하는 부분을 법과 제도로 보완하는 작업이 뒤따랐기에 저는 지금도 마찬가지로 농민들의 이익과 권익을 옹호함으로써 문제점을 보완해나가는 FTA 협상이 되어야 하고 그런 과정으로 가야 바람직하기 때문에 목소리를 내는 사람은 반드시 필요하다고 생각하죠.

기자 유권자들은 혹시 그런 질문한 분들 없으셨어요? 공무집행방해의 전과 기록이 있느냐고요.

재관 그렇게 꼼꼼히 안 보시는 것 같아요(웃음). 사실 선거 정책 자료집 만드는 사람들은 굉장히 공을 들이고 많은 시간을 투자하는데….

기자 하하.

재관 이런 전과는 그나마 다행인데, 소위 잡범들 있잖아요.

기자 음주운전 같은 그런 거요?

재관 선거 자료집 보면 그런 부분이 잔뜩 있는데도 별로 신경을 안 쓰시더라고요(웃음).

뜻밖의 박빙 선거, 그러나 결과는

기자 당시 최재관 선거 사무실을 방문했던 기자들 평이 여긴 참 재미있는 곳이다, 보통 깔끔한 정장 차림으로 커피를 대접하는데 여기선 선거 사무원들이 '돼지감자차'를 끓여 몸에 좋다고 대접하질 않나, 어떤 경우는 사무원들이 자리를 잠깐 비워서 어디 갔느냐고 물으니 못자리 돌보러 잠깐 나갔다고 해서 '이런 사무실도 있구나!' 했다는 말이 많았어요.

재관 제가 살아온 게 평생 농민 운동과 농업 및 농촌을 위한 일이다 보니 저를 지지하는 분들 중 농민들께서 가장 뜨겁게 지지해주셨어요. 지금도 너무 고마운 게 농사짓는 분들이 대부분 어려우시잖아요. 그런 분들이 십시일반 후원금을 모금해 주셨고 농번기가 다가오는데도 직접 나와서 캠프를 지켜주셨고, 지금도 제일 든든한 응원군이에요. 저도 혼자라고 생각하지 않고 그분들과 늘 함께한다고 생각하고 있는데 일각에서는 그렇게 농민들과 함께하니까 조금 좁아지는 거 아니냐고 걱정하실 수 있겠죠? 하지만 사실 가장 약한 사람, 가장 힘없는 사람들과 함께 가야 훨씬 더 많은 것들이 보입니다. 저는 그래서 앞으로도 그런 자세로 가야 하지 않겠나 생각합니다.

기자 선거 과정도 흥미진진했어요. 본인들은 속이 탔겠지만 제3자 입장에서는, 투표 며칠 전 여론조사 결과가 여기저기서 나오는데 박빙이라더라 이러면서 여주 양평 지역구가 사실 뻔한 지역으로 별 주목을 받지 못하다가 막판에 관심지역이 됐는데, 그러다 막상 개표해서 뚜껑을 열고 보니 1만 9천 표 차의 패배였어요. 혹시 결과를 예견하셨나요?

재관 예견까지는 안 했죠. 그런데 원래 굉장히 어려운 지역이잖아요. 거의 65대 35 정도로 어려운 지역인데다 원래 보수 후보 두 분이 나오는 3자 구도가 예상됐었다가 저쪽에서 통합해 단일 후보로 나오는 바람에 양자 구도가 되면서….

양자 구도가 되다 보니 대부분 패배를 생각할 수밖에 없었는데 열심히 하다 보니 의외로 여론조사가 비슷하게 나올 정도로 추격했어요. 또 그 당시에는 문재인 대통령이 코로나 19 대응 등 정치를 잘했고 지지율도 높았기에 민주당 호응도 좋아서 막판에는 가능할 수도 있겠다, 힘든 지역이긴 하지만 끝까지 최선을 다해보자는 자세였죠. 막상 뚜껑을 열어보니 격차가 좀 많이 났는데, 이게 선거 막판에 가니까 조금 분위기가 느껴지더라고요.

기자 어떤 분위기요? 예를 들면요?

재관 보수 정당이 싫기는 하지만 이대로 민주당한테 너무 많은 표를 주게 되면 너무 민주당 뜻대로 하는 거 아니야, 이런 우려와 경계심이 발동했어요. 특히 어르신들이나 보수를 지키는 게 나라를 지키는 거로 생각하시는 분들께서 막판에 아주 적극적으로 투표를 하면서 결국 그런 결과가 나온 것 아닐까 싶어요.

기자 낙선 후 모든 후보가 인사를 다니지만, 최재관의 경우 낙선 인사를 꽤 길게 오랫동안 지역 곳곳을 다니면서 하더라는 말도 있었어요. 특별한 이유가 있었나요?

재관 어쨌든 선거 기간에 많은 약속을 하게 되잖아요. 참 선거라는 게 공인이 되어가는 과정인 게, 공약이라는 형태로 정말 많은 분과 약속을 하고 그 많은 사람에게 했던 이러저러한 약속들이 제가 선거에 떨어졌다고 해서 안 지켜도 되고 꼭 당선되어야만 지키는 그런 약속은 아니라는 거죠. 그래서 선거라는 게 참 무서운 것 같아요. 달리는 말 같아서 한 번 올라타면 내리고 싶다고 해서 내릴 수 있는 게 아니더라고요. 떨어졌다고 접을 수 있는 것도 아니고 제가 했던 수많은 약속에 대한 책임감도 있고, 그렇게 자연스럽게 공인이 되는 것 같아요. 저는 그런 약속을 지켜나가기 위해 앞으로 지역에서 여전히 노력해야 한다는 걸 깨달았기에 그동안 선거 과정에서 도와주셨던 많은 분께 감사 인사를 드리고, 또 그분들이 힘을 잃지 않고 함께 해나갈 수 있도록 낙선 인사를 다녔던 것 같아요.

기자 낙선 인사를 며칠 동안 다니셨어요?

재관 한 일주일 정도요?

기자 그러다 집으로 돌아왔을 때 다시 또 냉정한 현실이 기다리고 있죠. 선거 패배 후 가족들의 반응은 어땠습니까?

재관 격려를 해주셔서 큰 부담은 없었는데 그러면

서도 대부분 가족들의 반응은 어머니처럼 '한 번으로 충분하다.', '이제 여주 양평에서 두 번 다시 선거에 나가는 것은 안 된다.', '그 동네는 안 된다.', 뭐 이런 반응이셨죠. 그렇게 말씀을 하셔도 제가 그대로 안 따른다는 걸 누구보다 잘 아시죠(웃음).

기후 위기는 농촌의 기회다

기자 이후 지역위원장으로서 한 일 중에 가장 기억에 남는 장면은 어떤 건가요?

재관 기후 위기 대응이죠. 제가 지역위원장을 하면서 기후 위기 대응에 관한 관심과 전문성을 바탕으로 국회 더불어민주당 탄소 중립 위원회 위원이 됐어요. 그래서 지역위원장 자격으로 현직 국회의원들과 매주 기후 위기 대응 토론을 하는 기회를 갖게 됐어요. 그때 제 안목이 굉장히 넓어졌어요. 저는 국회의원은 아니지만, 국회의원들과 함께 일할 기회를 잡아 특히 농업 농촌이, 제가 늘 어떻게 하면 살릴 수 있을지 고민했던 그 지점에서 답을 찾게 됐죠. 지금 우리 눈앞에 펼쳐지고 있는 기후 위기가 농업 농촌 회생의 길이라는, 그런 결론을 얻게 됐어요.

기자 위기는 곧 기회다, 이 얘기죠?

재관 기후 위기는 농촌의 위기이기도 하지만 동시에 농촌이 기후 위기를 극복하는 방식으로 농업 방식을 바꿔감으로써 새로운 기회가 될 수 있다는 거죠.

기자 예를 들면요?

재관 특히 태양광이죠. 태양광, 풍력과 같은 재생 에너지가 앞으로 각광을 받게 될 텐데 도시에서는 재생 에너지를 많이 생산하기 힘들어요. 많은 공간이 필요하고 설치할 수 있는 땅이 필요하고 그런 걸 도시는 갖고 있지 않기에 농촌이 가진 이 넓은 공간과 농지에, 햇빛과 바람과 수많은 바이오매스 자원들을 이용해 농촌에서 재생 에너지를 생산하게 되면 농업 생산 못지않은 햇빛 연금과 같은 소득이 이곳에서 창출되지 않겠는가 하는 거죠.

기자 이미 태양광을 공장 지붕에 설치하거나 버스 공용 차고지에 설치한 경우, 이를 통해 나오는 전력 판매 소득으로 여러 가지 공익적 활동을 하는 사례들도 있더라고요. 그걸 농촌에 적용하자는 말씀인가요?

재관 제가 오랫동안 농민 운동을 하면서 농민들이 사는 데 제일 중요한 게 뭔지 꼽으라면 그건 돈이라고, 소득이라고 단언합니다. 누가 뭐라고 해도 소득이에요. 왜냐하면, 그게 먼저 돼야 나머지 혁신적인 투자라든지 혁신적인 변화라든지 농촌에 사람이 산다든지 농업에 대한 투자가 이루어지는 것이지, 이게 되지 않는 조건에서는 농촌 발전이 제약되고 왜곡될 수밖에 없는 거죠. 제가 학교 급식과 공공 급식이 농촌의 판로를 만들고 새로운 대안이 될 거라고 지금도 여전히 믿고 있지만 그런 사업의 한계점이 뭐냐 하면 그 시스템에 참여한 사람은 소득이 올라가는데 그 시스템 안에 전체 농민이 들어가기는 힘들다는 점이에요. 그 외의 많은 농민과 농촌 주민들의 소득 보장은 과연 어떤 방식으로 할 것인지 고민해야 했어요. 농촌의 인구가 줄어들고 농촌의 몰락을 막는 길은 농업 생산만으로는 한계가 있고, 학교 급식 등 공공 급식을 하는 방법도 한계가 있잖아요. 결국, 농촌의 재생 에너지를 통해 새로운 소득원이 마련될 때 농촌에 활력이 되고 투자도 되고 혁신도 일어날 수 있다고 봤기 때문에 재생 에너지야말로 새롭게 농촌을 살릴 길이 되지 않을까 그런 생각을 하고 매달려 왔어요.

기자 그런데 태양광 보급 초창기에는 수많은 문제점이 나왔죠.

재관 문재인 정부 들어 태양광과 재생 에너지에

집중적인 투자와 그린 뉴딜이 이뤄졌는데, 막상 농촌에서는 반대하는 움직임이 더 커진 거죠. 부작용이 더 크게 부각된 거죠. 농지에, 염해 간척지에, 무분별하게 태양광이 가능하도록 허용하니까 태양광 사업자에 밀려 소작농들이 농지를 잃어버렸고 지가와 임차료가 올라가 버렸고, 온 산이 태양광으로 덮이면서 난개발이 생겼고, 오히려 멀쩡한 진흥구역 내에 가짜 버섯 재배 시설에 가짜 창고들이 지어지면서 농지와 경관을 훼손해 농촌주민들이 태양광을 반대하는 열기가 높아졌어요. 그 결과 오히려 태양광 시설과의 거리두기, 이격 거리가 더 넓어지는 쪽으로 기초지자체 조례를 바꾸는 방향으로 저항하는 모습이 나온 거예요. 결국, 농촌이 태양광을 하기 가장 어려운 곳으로 바뀌었죠. 그 짧은 시간에요.

기자 전국 160개가 넘는 기초지자체에 태양광 이격 거리 조례가 만들어져 있어요. 외국에서는 대부분 이격 거리 규제가 없고 있더라도 50m 내외인데 우리나라는 300m, 많게는 1km까지 거리를 두라고 하니, 어떻게 보면 태양광 시설을 두지 말라는 규제들이죠. 이걸 어떻게 푸나요?

재관 새로운 기회를 만들어야 하는 농촌에서 새로운 장벽이 만들어진 꼴이죠. 이걸 해결하는 길이 무엇일지 나름 연구를 했더니, 유럽 같은 경우에 실제 그곳에 사는 주민들이나 농민들이 재생 에너지 생산의 주인이 돼버리면 그런 저항들이 현저히 바뀌더라는 사실을 알게 됐어요.

주민 주도 재생 에너지 사업이라고 하는데, 그렇다면 농민이 참여하는 방식으로 바꿔보자고요. 그래서 유럽이나 미국처럼 경지 면적이 큰 경우, 개별 농가가 그냥 해버리면 되잖아요. 자기 농장에 태양광을 꽂으면 되는데 우리는 땅덩어리가 좁다 보니 산 빼고 집 빼고 나면 결국 어딘가에 태양광을 해도 마을 전체가 피해를 보는 구조입니다. 그러니 마을 전체가 함께 이익을 보고 마을 전체가 함께 참여하는 방식이 아니면 이 저항을 극복할 수 없지 않을까, 그래서 마을 공동체 햇빛 발전이라는 사례를 만들었어요.

기자 마을 단위 공동체 햇빛 발전이요?

재관 마을의 공용 부지 등에 태양광 시설을 만드는데 사업자가 주도하는 게 아니라 마을 주민 전체가 참여하고 이익을 나누는 방식으로 하는 거예요.

기자　실제 우리나라에 그런 사례가 있나요?

재관　여주에 그런 햇빛 두레 공동체 태양광 시설을 만들었고 성공했어요.

기자　실제 사례라는 말씀이죠?

재관　실제로 농촌 주민들이 참여하는 공동체 태양광으로 재생 에너지 전력 1MW(메가와트)를 만들었어요. 그러면 월 1천만 원 정도의 전력 판매 소득이 발생해요. 마을에, 20년간 계속….

기자　솔깃한데요?

재관　그러니까 이분들도 처음에는 태양광을 반대하던 분들인데 직접 지원받아 설치하고 소득을 올리게 되면서 생각이 바뀌는 거죠. 1MW 규모를 2MW, 3MW로 늘릴 수는 없느냐, 이러세요.

그러면 완전 기본 소득처럼 마을 소득이 될 수 있기 때문에 '햇빛 연금 기본 소득'이라는 새로운 공동체 수익 모델이 가능한 거죠.

기자 그럼, 햇빛 수익을 마을 발전 기금이나 이런 걸로 쓰나 보죠?

재관 햇빛 수익은 마을 공동체가 함께 스스로 용도와 금액을 정해요. 여주 구양리 같은 경우는 여러 가지 꿈을 꾸고 있어요. 마을 공동체가 햇빛 수익으로 봉고차도 마련하고, 이 소득으로 마을 사무장을 만들어서 이장님 하는 일도 돕고, 태양광도 관리할 수 있어요. 또 차량을 운행하면서 마을 주민들 교통 복지를 실현할 수 있어요. 농촌에 버스가 뜸하니까….

기자 그런 식이라면 햇빛 소득으로 젊은 인구 유입도 가능하지 않을까요?

재관 제 말이 그거에요. 이런저런 계획들을 지금 세우고 있는데 살기 좋은 농촌이 되려면 사실 돈이 있어야 하고 그 돈을 햇빛 발전으로 만들어내고 공동체가 함께 쓴다면 기본 소득도 가능하죠. 그래서 저는 앞으로 이걸 발전시켜 나가면 1MW로 시작한 햇빛 발전을 2MW 용량으로 높여서 농민들이 100kW(킬로와트)씩 집단으로 운영하며 거기서 생긴 재생 전기로 전기 트랙터도 돌리고 전기 콤바인도 돌리고 난방용 전기 히트 펌프도 돌리며 농산물의 생산 비용을 낮출 수 있겠다는 생각이에요. 사실 농산물은 기름을 먹고 자란다는 말처럼 석유로 돌아가는 트랙터에 콤바인, 난방용 기름으로 돌아가는 온실 등 앞으로 화석 에너지 비용이 올라가면 갈수록 농산물 비용도 올라

갈 거에요. 그럼 도시 소비자들은 그 비용을 농산물 가격으로 부담해야 하는 거잖아요. 그런 농촌의 에너지 비용을 낮추면서 경쟁력도 갖추고 에너지 자립이 가능한 구조로 만들어 가자는 겁니다.

기자 그럼 이런 시스템을 마을 공동체에서 관리해야겠네요?

재관 이런 수익을 마을 공동체 단위에서 통제함으로써 개인에게 편중되지 않고 골고루 돌아가도록 할 수 있고요. 지주 소작 문제나 소작농 쫓겨남 문제도 해결할 수 있어요. 그리고 발전용량을 3MW 규모로 높이게 되면 그때는 청년 농민들에게 100kW씩 주자는 거죠. 그러면 우리 마을에 청년이 5~6명 들어와서 함께 살아갈 수 있어요.

기자 그 정도인가요?

재관 청년들이 100kW 태양광 수익이면 월 100만 원 정도 기본 소득이 주어지는 셈이기 때문에 청년들이 와서 사는 마을이 자연스러워질 수 있는 거죠. 국가적으로도 한 마을에 3MW씩 준다고 하면 얼핏 계산해 봐도 국가적으로 필요한 재생 전기 약 460GW(기가와트) 중에서 120GW는 능히 농촌에서 생산할 수 있다는 이야기에요.

기자 'RE100'이라고 하죠. 재생 에너지로 생산된 전력만 100% 사용해야 한다는 사실상 수출 규제….

재관 RE100 실현에도 도움되고 만일 영농형 태양광, 그러니까 벼농사를 짓는 논 위에 태양광 시설을 병행할 수 있게 된다면 쌀 소득보다 태양광 소득이 6~7배 많이 나오니 논농사를 지으면서

▲ 영농형 농촌 태양광

영농형 태양광을 하게 되면 농사 소득은 기존에 100만 원 벌 거 600~700만 원을 벌게 되죠. 국가적으로도 재생 에너지 생산에 기여할 뿐 아니라 안정적으로 농사를 짓고 식량 자급에도 기여할 수 있기에 앞으로 주민 주도 햇빛 발전은 농촌의 근본적인 변화와 대안이 되지 않겠나 생각합니다.

기자　영농형 태양광은 아무래도 법제화가 필요한 부분이죠?

재관　그래서 그 부분만 법제화하고 해결한다면 저는 농촌의 근본적인 변화가 올 거라고 자신합니다. 마을 공동체 재생 에너지 활성화 특별법입니다. 공동체가 하는 경우 영농형이 가능하고 계통도 우선 연결하고 금융도 지원하는 특별법이 필요합니다. 기후 위기 시대에 기름값은 계속 올라가고 농산물 가격도 계속 올라가잖아요? 인건비도 올라가고요. 그런 현실에서 기름값을 낮춰달라, 면세유를 달라, 어떤 농자재를 지원해달라는 정책적인 요구는 뭐랄까 매우 제한적인 부분인 거죠.

기자 밑 빠진 독에 물붓기식이란 거죠?

재관 우리 자원만 낭비하는 것이고 오히려 이럴 때 농촌의 재생 에너지 쪽으로 과감한 투자를 통해 생산 수단을 바꿔내고 에너지 수단을 바꿔냄으로써 에너지 위기에도 대응하고 농민 소득도 높일 수 있다고 봅니다.

서울~양평 고속도로의 진실, 시작은 이랬다

기자 그런 가운데 이제 커다란 길 싸움이 시작됐어요. 서울~양평 고속도로 논란, 언제 처음 제보를 받게 되신 건가요?

재관 처음에는 이게 5월 8일이었죠.

기자 2023년이요?

재관 예. 2023년 5월 8일, 그날 국토부가 '전략환경 영향평가'라는 문서를 공개해요. 공개했는데 정작 우리는 몰랐어요. 공개한 지 일주일에서 열흘이 지나도록 주민들도 우리도 아무도 몰랐어요. 그걸 지역 언론인 '양평 시민의소리'가 포착했죠.

기자 공개됐다는 게 어떤 자료였나요?

재관 흔히 '예타'라고 하죠, 예비타당성 조사 이후에 '전략 환경 영향 평가서'라는 결정 사항을 담은 보고서가 있어요. 그런 보고서가 공개됐는데 조용히 국토부 홈페이지에 공개된 거예요. 그러니 아무도 몰랐죠. 공개라고 말하기도 민망한 거죠. 그러다 지역 언론에서 '이건 뭐지, 국토부에 공개됐는데 지역에도 공개가 안돼나?' 하면서 양평 군청 담당 공무원에게 문의해요. 그 보고서 올라온 거를 보고요. 그런데 군청 담당 공무원도 이걸 몰랐대요.

기자 납득이 안가네요.

재관 안가죠. 국토부 홈페이지에 조용히 올라온 자료를 보고 기자가 군청 공무원 담당자한테 물어보니까 공개된 사실 자체를 몰라요. 그런 사실을 우리가 알게 됐죠. '이건 뭐지? 뭐 숨기려 하는 거 아닌가?', 수상쩍었죠. 그래서 그 공개된 자료를 꼼꼼히 살펴봤어요.

기자 공개된 서류를 봤더니요?

재관 종점이, 원안에서는 양평군 양서면이었는데 양평군 강상면 병산리로 변경되어 그게 김건희 여사 땅이 있는 곳으로 이렇게 가 있는 거예요. 부근 등기부등본을 다 떼봤어요. 12필지가 김건희 여사 이름으로 되어 있더라고요.

기자 종점도 상당히 많이 틀어져 있었잖아요.

재관 '야, 이거 수상하다.' 해서 이제 군청에 관련 자료를 다 요청했어요. 자료를 봤더니 그때부터 웃지 못할 상황들이 펼쳐집니다. 처음에 제가 '이건 정말 황당하다.'라고 생각했던 부분은 누가 처음에 노선 변경을 제안했고 바꿨을지, 처음 노선 변경 제안이 이뤄진 시점이 언제인지를 군청에 물어봤을 때 온 답변입니다. 2022년 7월에 국토부가 양평 군청에 노선과 관련해 의견이 있느냐고 의뢰했고 군청에서 3개의 노선을 제안한 게 최초 노선 변경 시점이라고 하는 거예요.

기자 국토부가 처음으로 군청에 의뢰했다고요?

재관 국토부가 군청에 '의견이 있느냐.' 했는데 양평군이 3개의 노선을 먼저 제안했다는 거죠. 이게 처음 나온 이야기예요.

기자　나중에 또 바뀌었다는 말 같은데, 어떻든 처음 양평군에서 나온 이야기는 국토부가 의견을 묻고 양평군이 제안했다는 거네요?

재관　2022년 7월에 그랬다는 거예요. 그래서 양평군이 국토부에 줬다는 그 서류를 봤더니 또 황당한 상황이 나옵니다. 국토부가 의견을 물은 지 일주일 만에 3개 노선을 그려서 줬다는 거예요. 1조 8천억 원짜리 사업을….

기자　일주일 만에 3개 노선을요? 이게 미리 준비되지 않은 상태로 가능한가요? 행정 조직에서요?

재관　양평군이 전혀 미리 준비한 정황도 없어요. 게다가 군의회에 알린 적도 없고 의회에서 토론한 적도 없고 용역을 준 적도 없고…. 그런데 담당자가 일주일 만에 3개 노선을 그려서 줬다는 거죠. 국토부에요.

기자 누가 봐도 공무원 방식이 아닌데요?

재관 도저히 믿기지 않는 거예요. 그래서 이거는 있을 수 없는 일이라는 생각이 들었고요. 그래서 또 서류를 봤더니, 3개 노선에 대해 평가를 해놨어요. 양평군이 국토부에 그려줬다는 문서에요. 1번 노선은 어떻고, 2번 노선은 어떻고, 3번 노선은 어떻고….

기자 당연히 노선 변경이 됐으니까 원안보다는 바뀐 노선에 더 좋은 점수를 매겨서 줬겠죠.

재관 그런데 그게 아니었어요.

기자 아니었다고요?

재관 양평군이 제출한 평가서에서는 예타를 통과한 원안(양서면 종점)에 IC(나들목)를 놓은 노선이 제일 좋다고 평가해 놓은 거예요.

기자 헐.

재관 그러니까 일주일 만에 노선을 그리는 것도 말이 안 되고 그 일주일 만에 3개 노선을 평가한다는 것도 말이 안 되고, 용역을 주지도 않았으면서, 더구나 평가했는데 원안이 제일 좋다고 평가해 놓은 거예요. 그런데 최종 결정은 2번 변경안으로 된 거예요.

기자 양평군이 올린 3개 노선 평가서에서도 원안에 제일 높은 점수를 주고 지금의 변경안에는 점수가 그보다 낮았는데요?

재관 2번 변경안으로 하게 되면 예산이 더 많이 들고 오히려 문제가 있다는 식으로 평가해놨는데, 최종 결정은 2번 노선으로 된 거예요. 담당자도 몰랐다고 합니다.

기자 관련 증언이 있나요?

재관 그 담당자와 우리 군의원이 대화한 내용을 녹

취했는데, 거기서 담당자가 '아니 그러니까 저도 이게 솔직히 말해서 그 안이 왜 선정됐는지 저희도 몰라요. 그냥 그게 내려왔기 때문에 진짜 솔직히 말씀드리면 올해 들어서도 저는 몰랐어요.'라는 식으로 말씀하셨어요.

기자 바늘구멍 통과하기만큼 어렵다는 예비타당성 조사를 통과한 원안이 담당자도 모르게….

재관 예타를 통과했던 안이기 때문에 그런 노선이 바뀌리라고는 담당자도 몰랐던 일이고, 그랬다는 것도 말도 안 되고, 평가한 것도 말도 안 되고, 이건 거짓이라는 생각을 하게 됐어요. 조사에 들어간 거죠. 그런데 조사에 들어가서 자료들을 하나하나 검토해 보니 자료들이 문제투성이였어요.

기자 행정 서류들이요?

재관 문제가 많아요. 그래서 처음에 저희가 기자회견 할 때 우리가 가진 의혹 23가지 중 우선 10가지만 놓고 했어요. 기자회견 자리에서는요. 정말 보수적으로 따져보고 따져봤을 때 도무지 말이 되지 않는 의혹 10가지만 공개하면서 의혹을 풀어야 한다고 첫 번째 기자회견을 했더니, 그 기자회견을 하고 며칠 있다 원희룡 국토부 장관이 백지화를 선언하는 거예요. 우리가 아무리 설명해도 민주당이 계속 덤빌 거 아니냐 하는 논리로 바로 백지화를 선언했어요. 정말 급작스럽게요.

"국토부 장관으로서, 정부의 의사결정권자로서 말씀드립니다. 서울~양평 고속도로에 대해서는 노선 검토뿐만 아니라 도로 개설 사업 추진 자체를 이 시점에서 전면 중단하고, 이 정부에서 추진되었던 모든 사항을 백지화하겠습니다." (원희룡 국토교통부장관, 2023년 7월 6일)

기자 그게 더 이상했어요. 아무것도 모르는 일반인들에게는요.

재관 우리가 10가지 문제점, 도저히 말이 안 되는 10가지만 터뜨렸는데 그건 누구나, 상식적으로 누구나 생각할 수 있는 그런 내용이었거든요. 그런 문제를 제기했더니 바로 백지화 선언을 하고 '나 안 해.'하니 거기서 이 논란이 일파만파 커진 거죠.

기자 맞아요. 더 커졌어요.

‘일타강사’라는 장관 영상에서 수많은 거짓말이 보였다

기자 이때까지만 해도 장관이 자신만만했어요. 몰라서 그렇다며 정치공세라고요. 그러면서 7월 12일 자신의 유튜브 채널에서 ‘서울~양평 고속도로 일타강사’로 분필을 들고 직접 설명하며 27분짜리 영상을 올렸습니다. 민주당이 김건희 여사에게 특혜를 주기 위한 노선 결정이라고 주장하며 정치 공세를 하는데, 이는 전혀 근거가 없는 거짓 선동이라고요.

재관 그것도 장관이 해외에 나간 상태에서 찍어 올렸더라고요. 국토부 장관이 해외에 나가실 일이 뭘까 생각도 되는데, 어떻든 국토부 장관이 해외 순방 중인 상황에서 '일타강사'라고 동영상을 올려놓으신 거예요. 영상을 살펴본 후 제가 거기서 거짓말 20여 개를 찾아내게 됩니다.

기자 27분 영상에 20여 개 잘못된 사실들이 있다고요?

재관 전부 다 사실 관계를 확인했어요. 그리고는 그날 밤에 혼자 유튜브 영상을 찍었어요. 팩트 체크 내용으로요.

기자 헐.

재관 왜냐하면 그 다음 날에나 이걸 좀 정리해야겠

다고 생각하고 있는데, 여기저기에서 전화가 오더라고요. '이거는 어떻게 된 거냐? 이 내용은 뭐냐? 또 장관이 직접 저렇게 이야기하는 데 사실이든 아니든 우리가 반박하지 않으면 내일 신문에 저 내용으로 도배된다. 대응을 해달라….' 등등이요.

기자 워낙 자신만만하게 나오니까요.

재관 그래서 그날 밤에 혼자 찍었어요. 초췌한 표정으로…. 저도 그때 천막 치고 단식 중인 상태로 피곤해 죽겠고 몸이 천근만근인데 '이건 해야 하겠다.' 해서 밤늦도록 팩트 체크를 해서 20여 개의 거짓말을 하나하나 반박했어요. 그리고는 그 내용을 올렸더니, 다음날 TV 출연하는 민주당 패널들이 제 영상을 그날 밤에 다 보고 다음날 TV에 나가서 반박을 제대로 한 거예요. 당연히 장관이 바라던 여론몰이도 없었고요. 그렇게 했더니 그다음에는 장관께서 이번에는 고속도로 노선을 더불어민주당 최재관 지역위원장과 정동균 당시 양평군수(더불어민주당)가 바꾸자고 했다고 하시는 거예요. 21년도에 그 둘이 그렇게 말해놓고서는 인제 와서 딴소리한다는 식으로요. 그렇게 되니 제가 또 CBS 라디오의 〈김현정의 뉴스쇼〉에 나가서 반박했죠. 제가 또 유명해지는 거예요(웃음). 엄청나게 많은 언론에서 제 이름을 거론하며 민주당이 먼저 바꾸자고 해놓고 인제 와서 딴소리라는 식으로 언론에서 막 다뤄주니까 덕분에 제가 더 유명해졌죠.

기자 뭐라고 반박하셨어요?

재관 우리가 그때 요구한 것은 '고속도로 원안에 강

하 쪽 IC(나들목)만 하나 만들어 달라는 거였지, 우리가 언제 노선 자체를 바꿔달라고 했느냐, 우리가 언제 종점을 바꿔달라 했느냐.'라고요.

기자 기록에 다 나와 있잖아요.

재관 있죠. 그래서 그게 나중에는 원희룡 국토부 장관의 해명이 잘못된 것으로 정리됐죠.

기자 궁금하네요. 하룻밤 새 장관의 발언을 팩트 체크한 내용이 뭔지요.

재관 영상 발언 내용을 녹취한 게 있는데 분량이 꽤 됩니다. 몇 가지만 소개하면 이래요.

팩트 체크 ① 전면 백지화, 우리 임기 내에 하지 않겠다?

이 부분은 명백한 직권 남용입니다. 국책 사업의 경우, 그것을 그만두게 할 때는 그만두는 이유도 물론 있어야 되겠지만 그만두는 절차가 지켜져야 하므로 그런 절차를 무시하고 그만두는 것도 사실은 장관이 직권을 남용하는 것이고, 이번 서울~양평 고속도로 종점을 변경하는 그 과정 자체가 많은 절차를 무시했기 때문에, 예타를 통과한 그 안을 제대로 절차를 지키지 않고 급변시킨 그것 또한 직권 남용이라고 볼 수 있겠습니다.

팩트 체크 ② 원안(양서 종점)대로 가면 고속도로 진출입로가 없다?

원안대로 양서 종점으로 가면 절대다수의 양서면 주민들은 진출입로 없이 지나가기만 한다고 장관께서 말씀하셨습니다. 거짓말입니다. 제가 말씀드렸잖아요. 양서로 가면 양평 나들목(IC)

이 있고 지금 강상으로 가면 남양평 나들목(IC)
이 있습니다. 누가 들으면 양평에는 나들목(IC)
이 없는 것처럼 착각하게 합니다.

팩트 체크 ③ 예타는 큰 그림만 그리는 거다?

예타는 큰 가성비만 뽑는 거고 큰 그림만 그리
는 거고, 그 노선대로 갈지 말지는 타당성 조사
에서 얘기한다고 하십니다. 이 역시 거짓말입니
다. 거의 모든 국책사업의 90% 이상은 예타가
통과되면 되는 것으로 알려져 있습니다. 예비타
당성 조사를 한다는 의미는 이 사업에 예산을
투여할지 말지 기획재정부가 결정하는 과정입
니다. 시간도 많이 들었습니다. 2017년에 시작
했고 2019년 예타 심의에 들어가서 2021년에
확정됐으니 2~3년이 걸린 거죠. 낙타가 바늘구

멍 들어가기만큼 어렵다는 게 이 예타이고, 예타를 통과했다고 하면 사람들은 '됐다.'라고 생각합니다. 잔치를 벌이죠. 실제로 그렇게 양평군도 했고요. 그런데 이런 예타가 큰 그림만 그리고 실제로는 타당성 조사에서 세부 내용을 잡고 고친다(?)라…. 기재부 공무원들, 정말 이거 사실입니까?

팩트 체크 ④ 원안대로 가면 환경 파괴다?

오히려 변경 안으로 가게 되면 원안보다 교량이 16~17개 더 늘어납니다. 터널은 7개를 더 뚫어야 합니다. 원안의 교량은 9개, 터널은 12개이고 변경안의 교량은 26개, 터널은 19개입니다. 터널을 많이 뚫는다는 것의 의미는 해당 지역 지하수에 영향을 미치기 때문에 환경

적으로 더 나빠지는 것은 물론 건설비 역시 더 많이 들어갑니다. 물론 도로 길이도 원안보다 2.2km나 늘어났습니다. 환경적으로도 더 나쁠 것입니다.

팩트 체크 ⑤ 선산이라서 별거 아니다?

'선산이기 때문에 별거 아니다.'라는 것은 이미 여러 차례 팩트 체크 됐다시피 노선 변경 종점 부근에 김건희 여사 땅이 12필지, 그의 가족들과 김충식 씨 소유로 되어 있다가 김건희 오빠 소유로 넘어간 땅이 다섯 필지 있고요. 그 안에 창고 부지가 3개 있습니다. 그동안 개발을 열심히 했고, 원래는 접도 구역 도로에 접하기 때문에 개발이 안 되는 곳인데 산지 전용 허가가 났습니다. 그런 개발이 된 것에 대해 군청은 아직도 답변을 안 주고 있습니다. 대출 상황을 살펴보니 근저당이 이곳저곳 합치면 25억 원가량 잡혀 있습니다. 물어봤더니 보통 그 정도면 약 20억 원가량 빌린 걸로 본다고 합니다. 근저당이 원래 10억 원을 빌리면 120~130%로 잡기 때문에 그 정도로 상당히 개발에 힘썼던 땅들입니다. 선산이라서 별거 아니라는 장관님 주장에 대해선 이미 팩트 체크가 된 것 같습니다.

바로 그자들이 범인이다

기자 그 뒤로도 몇 차례 진실 공방이 뜨겁게 펼쳐졌어요.

재관 그렇죠. 진실이 밝혀지는 과정에서 몇 차례 국토부 쪽 해명이 바뀝니다. 국토부 장관은 '양평군이 먼저 해달라고 요청했다.'라는 식으로 말을 해요. 그런데 저희가 양평군 쪽에도 물어보니까 자기들(양평군)도 몰랐고 그렇게 바뀐 것을 담당자도 깜짝 놀라고, 그런 사실들이 밝혀지니까 이번에는 용역사가 알아서 노선 변경안을 올렸다고 하다가 결국 얼마 전에 국토부의 지시로 변경했다고 실토를 하기에 이르렀죠.

기자 정리를 하면요?

재관 국토부의 지시로 노선이 바뀌었고 용역사도 선정됐고, 그렇다면 노선 변경 시점, 즉 맨 처음 누가 노선 변경을 제안했고 결정했을까에 대한 의혹이 남아 있는데, 최근 국정감사를 통해 어디까지 밝혀졌느냐면, 2022년 3월 9일 대통령 선거로 대통령이 바뀌고, 3월 15일 대통령직 인수위가 들어서고 2주일 뒤인 3월 29일, 용역사가 선정됩니다. 그런데 용역사는 선정된 다음 일주일 뒤에 딱 한 번 현장을 가보죠. 4월 6일이에요. 현장에 가서 고속도로 시점과 종점을 가보고 4월 10일경 노선을 변경해야겠다는 요지의 보고서를 제출한 것으로 나와요. 그러니까 대통령 선거 끝나고 인수위가 가동된 직후에 용역사가 선정되고, 그 용역사는 딱 한 번 현장 답사해보고 4월 10일경 노선 변경을 제안하는 첫 보고서를 제출합니다. 그 첫 보고서는 국토부에 보고가 됐고요.

기자 용역사가 감히 예타 결정 사항을 뒤집을만한 시간도 준비도 안 돼 보이는데, 그것도 현장 딱 한 번 가보고 제안을요?

재관 있을 수 없는 일이 벌어진 거죠. 기가 막힌 것은 그 첫 번째 보고된 용역사 보고서에서 종점을 언급한 대목 4페이지가량을 삭제해요. 올해 7월 국토부가 자료 공개를 할 때 그 4페이지를 삭제한 상태로 공개해요. 국토부가 지우라고 용역사에 지시한 거죠. 그래서 용역사가 국토부 지시를 받고 4페이지가 삭제된 보고서를 공개해요.

기자 그런데 어떻게 그게 밝혀졌을까요?

재관 어디서 걸렸느냐면 본문에서 4페이지를 지웠는데 목차는 안 지운 거예요. 그러니까 목차에 남아 있는 페이지가 원본에 없는 거죠. 이게 뭐냐고 물으니 처음에는 '두 가지 버전이 있었다.'라고 거짓말을 했다가 결국은 삭제한 게 들통이 났어요. 그러면 국토부 누가 지시했느냐고 물으니 용역사 직원은 기억이 나지 않는다고 했어요.

기자 삭제를 지시했는데 그 사람이 누군지 기억나지 않는다고….

재관 이제 정답은 거의 다 나왔어요. 국토부가 지시해서 열흘 만에 그 용역사가 노선 변경안을 내게 하고, 또 그 변경안의 중요 부분을 삭제한 상태로 공개하게 한, 바로 그자들이 범인이라는 거죠. 그자들이 범인이고 그자들에게 시킨 사람이 누구인가, 왜냐하면 국토부 담당자가 알아서 삭제하라고 지시할 리는 만무하니까요.

기자 충분히 합리적인 의심이네요.

재관 그 윗선이 최소한 국토부 장관이거나 아니면 더 윗선이거나, 그 정도 아니고서는 감히 누가 그 내용에 대한 삭제를 지시할 수 있겠느냐고 보는 거죠. 저희는요. 그리고 용역사 입장에서도 어떻게 현장을 한 번 가보고 1조 8천억~2조 원짜리 사업의 노선을 변경할 수 있겠어요? 그러면 자기들 일이 훨씬 더 많아지는데, 시키지도 않은 일을 자발적으로 했다고요? 그건 불가능한 일이라고 생각합니다. 이건 그들에게 지시한 사람에 의한 것이고, 그래서 그런 지시를 내린 사람과 삭제를 시행하게 한 사람만 찾으면 범인은 드러나게 되어 있습니다.

기자 퍼즐이 거의 다 맞춰졌네요?

재관 예. 마지막 국감을 통해 최종 확인된 것은 대통령이 바뀌고 인수위 시절 용역사 계약 체결 후 5일 만에 최초로 종점 변경이 드러난 보고서가 확인됐습니다. 서울~양평 고속도로의 최초 종점 변경은 인수위에서 시도되었습니다. 현장 한 번 가보지 않은 상황에서 이것은 명확한 국정농단입니다. 국정농단의 진상이 드러났고 이제는 조사보다는 수사가 필요한 시점에 달했다고 봅니다. 이게 그들의 무덤이 될 겁니다.

욕하고 제명하고….
덕분에 급이 높아졌다

기자　문제는 양평 지역 주민들의 분열이에요. 이러다 지역이 두 쪽 나는 거 아니냐는 우려의 목소리에 대해서는 어떻게 보세요?

재관　처음에는 정말 지역이 두 쪽 났죠. 그러면서 '서울~양평 고속도로 백지화의 원인 제공자 최재관을 퇴출하라, 민주당 최재관을 퇴출하라', 이런 현수막들이 지역에 쫙 걸렸어요. 그 현수막들을 보고 솔직히 엄청 불안했죠. 그런데 그게 저를 지역에서 가장 많이 알려준 현수막이더라고요. 제가 식당에 인사하러 가서 '최재관입니다.'라고 했더니 '아니, 뭘 했길래 그런 현수막이 걸렸냐?'라며 아는 척을 하시는 거예요(웃음).

기자 그것도 양평에서요.

재관 '뭘 했길래 최재관 어쩌구 하느냐?'라고요. 악플도 도움이 된다는 말을 실감했습니다. 사람들은 자세한 내용을 몰라요. 그저 '최재관'이라는 이름 석 자만 기억에 남는 거예요. '도대체 뭘 했길래 저러느냐?' 아니면 '최재관이 누구냐?'라고요. 저희 쪽에서 '최재관'이라는 현수막 100장을 걸은 것보다 그쪽에서 걸어놓은 한

장이 더 큰 역할을 한다는 걸 느꼈죠. 악플도 도움이 된다는 걸 느낀 게, 처음에는 저를 많이 모함하고 저에 대해 가는 데마다 욕을 하시던 분들이 결국 저를 가장 크게 홍보해주신 분들이 된 거죠.

기자 오히려 인지도가 높아졌다는 거네요?

재관 인지도 향상에 기여를 한 사건이 됐고 주민들의 민심도 바뀌고 있어요. 처음에는 사람들이 고속도로 종점을 강상면으로 옮긴다고 하니, 강상면에 인구가 많이 살거든요. 서울도 강을 중심으로 강남, 강북 이렇게 나뉘는 것처럼 양평도 강을 중심으로 아래쪽과 위쪽에 양평읍과 강상면이 있는데 여기가 양평의 행정 중심이고 사람들이 많이 사니까, 그 근처로 고속도로가 온다니 어쨌든 나한테 더 이익이 된다고 판단하신 분들이 많아요. 옳고 그름이 중요한 게 아니라 이익적 관점에서 일단 그쪽으로 쏠렸는데 (원안의 종점인 양서면 주민들은 달랐지만) 시간이 지나갈수록 노선 변경의 문제점이 언론을 통해 드러나면서 '아니, 저런 식으로 바뀐 거라면 이건 누가 봐도 좀 이상하잖아?' 하는 인식이 한 축을 이뤘고요. 또 하나는, 변경안대로 가면 양평읍 내의 교통 정체가 더 심해지게 되어 있어요. 지금도 양평의 강남과 강북을 잇는 다리가 편도 1차선으로 두 개가 있는데 늘 막히거든요. 그런데 고속도로까지 오게 되면, 고속도로를 타려면 우선 다리를 건너야 하기 때문에 양평 주민들로서는 완전히….

기자 더 안 좋아진다는 거네요.

재관 극약이 되는 거죠. 여전히 주변에 땅을 가진 분

들은 부동산 가치라는 측면에서 변경안에 찬성하겠지만 실제로 생활하는 사람들 입장에서는 이게 독약인 거죠. 그래서 지금은 변경안에 대한 반대 여론이 많이 올라가서 최근까지 거의 반반 정도 팽팽한 상황이라 우리에게 전혀 불리하지 않다고 봅니다.

기자 그 와중에 양평군의회에서 이 사안 폭로에 적극적이던 현직 군의원이 제명 처분됐어요.

재관 부당한 일이죠. 그러니까 그 군의원이 담당 공무원과 대화를 하다 녹음한 내용을 언론에 공개했는데, 사실 대화 내용을 녹음한 계기는 폭로 목적이 아니었어요. 과거에 그 공무원과 한 가지 의혹 사안을 두고 조사하던 일이 있었거든요. 양평군의 어떤 지역에 도로를 내는데 서울~양평 고속도로처럼 그 도로도 휘어진 거예요. 처음에 주민들은 아주 짧게 이를테면 소방 도로를 내달라고 했고 주민 동의도 얻었기 때문에 그대로 짧게 내면 그만인데, 길이 휙 돌아서 저 산 중턱으로 해서 가는 걸로 이렇게 계획을 세웠어요. 양평군에서요. 주민들은 '이게 뭐지? 우리가 원했던 건 이 짧은 도로인데….'하며 이상해했죠. 당연히 도로가 휘어지고 길어지기까지 여러 이권이 개입되어 있다는 정황들을 포착한 그 군의원께서 양평군과 의혹을 다투고 있는 과정에서 만난 담당자가 바로 그 공무원이세요. 당시 양평군에서는 그 군의원이 지금까지 드러난 의혹들을 품고 문제를 제기하자 지금 국토부 장관이 하신 것처럼 똑같이 '그러면 백지화하겠다.'라고 주장한 거예요. 그럼 안 하겠다는 거죠. 이 노선이든 저 노선이든…. 그랬다가 주민들의 항의를 받으며 다투고 있는 상황에서 군의원이 담당자인 그분과 대화를 하며 녹취를 하고 있었어요. 왜냐하면, 담당 공무원이 처음 하셨던 말씀과 달라졌기 때문에, 안 되겠다 싶어 녹음한 거죠. 안 그러면 녹취할 이유도 없었는데 말이죠. 그런데 그렇게 녹취를 한 대화 내용에 중요한 내용이 숨어 있었던 거죠.

기자 다른 사안을 위해 녹음한 대화 내용에서 서울~양평 고속도로 논란의 중요 단서가 나왔다는 거죠?

재관 우리도 처음에는 잘 몰랐는데 대화 내용을 가만히 들어보면 노선 변경에 관련한 양평군의 의사결정 과정에서 양평군청 내 고위 공직자의 이름이 나옵니다. 이 노선 변경에 결정적인 역할을 했던 키맨이 등장해요. 그런데 그분이 대통령 처가가 개입된 양평 공흥 지구 아파트 비리 건에서 공문서 위조 혐의로 기소돼서 지금 재판 받고 있는….

기자 아, 1심에서 유죄 판결을 받았는데 오히려 승진하신 그분요?

재관 그렇죠. 오히려 승진해서 서울~양평 고속도로 사업 책임자가 된 그분인데요, 담당 공무원과의 녹취록에서는 그 양반이 제안해서 세 가지 노선을 만든 걸로 나오는 거죠. '이건 이렇게 하는 게 어때?' 하는 식으로 은근슬쩍 제안하며 세 가지 노선을 그리도록요. 그런 역할을 했음이 녹취록에 들어 있어요. 그런 중요 내용이 있기 때문에 이 내용을 언론에 공개했는데 국민의 힘이 다수당인 양평군의회에서는 이걸 명예훼손이라고 문제 삼은 거죠. 이러면 공무원들이 불안해서 어디 대화하겠느냐 일하겠느냐, 그런 식으로 논리를 펴는데, 당사자 간의 녹음은 불법이 아닙니다. 전혀 불법이 아니고 더구나 언론 폭로는 공익성을 위한 것이었기에 당연히 불법이 아닌데 군의회에서는 의원 품위 훼손이라고 징계를 해서 제명해 버리죠. 국민의힘 의원들이 다수당의 횡포를 부린 겁니다.

기자 현재 징계 무효 소송이 법원에 가 있죠?

재관 그럼요. 재판에 가처분 신청하고 본안 소송을 하고 있는데 당연히 이길 수밖에 없는 상황으로 판단됩니다. 오히려 그들이 이렇게 함으로써 여현정 군의원이 전국적으로 유명한 스타가 돼 버렸어요. 국민의힘에서도 제명을 추진한 분들이 후회하실 것 같아요. 상대방을 키워주기만 하고 자신들은 실속이 없으니까…. 오히려 이런

일 때문에 서울~양평 고속도로가 다시 한 번 주목받는 계기가 돼서 우리로서는 오히려 좋은 일이 됐죠.

(여현정 전 군의원이 제기한 징계취소 가처분 신청에 대해 2023년 11월 1일 수원지법 제4행정부는 인용 결정을 내렸다. 이에 따라 여 전 의원에 대한 징계결의는 본안 사건인 '징계결의 무효확인' 사건의 판결 선고일로부터 30일이 되는 날까지 정지된다.)

남양평 나들목(IC)의 의혹

기자 앞서 국정농단이라고 표현하셨는데, 여러 사안이 한꺼번에 수면 위로 떠올랐어요. 그중 하나가 과거 양평군의 나들목(IC) 관련 문제입니다.

재관 그러니까 지금 또 최근에 터진 게 남양평 나들목(IC) 관련 의혹이에요. 김건희 여사 땅이 있는 종점 변경 지점과 불과 500m가량 떨어진 곳에 남양평 나들목(IC)이 있어요. 그 남양평 나들목(IC)에 휴게소를 건설하는데, 도로공사에서 약 229억 원을 들여 85%가량 지어졌거든요. 우리나라 휴게소는 두 종류가 있어요. 하나는 도로공사가 100% 직영하거나, 하나는 100% 민자로 하거나…. 이 두 종류밖에 없어요. 지금 있는 휴게소 중의 약 90%는 도로공사에서 투자한 직영 휴게소이고, 나머지 10% 정도만 민자이거든요.

기자 휴게소라고 하면 도로공사가 직접 짓거나 아니면 민간인이 100% 돈을 대고 짓거나 한다는 거죠?

재관 딱 두 가지 경우밖에 없는데, 여기는 도로공사 직영으로 하는 것으로 계획돼서 85%가량 건설된 상태에서 갑자기 민자로 전환되면서 민간 회사가 나머지 15% 돈을 대면 그곳에 15년간 운영권을 보장해 주는 방식으로 바뀐 거죠.

기자 그런 사례가 있었나요?.

재관 없어요. 예를 들어 민자 100%로 해도 운영권을 25년 주는데 고작 15%만 참여했을 뿐인 민간 회사에 운영권 15년을 보장해준다면 이건 누가 봐도 특혜 아닌가 싶어 알아봤더니 선정된 운영업체는 이른바 '윤석열 테마주'로 유명한 '위즈코프'라는 회사입니다. 윤 대통령 후보 시절부터 윤석열 테마주로 지목되어 주가가 올랐던 그런 회사에 휴게소 운영권을 준거죠.

기자 도로공사가 85% 지어놓은 휴게소를 15년 운영권으로요?

재관 더구나 그 회사는 최근 5년 동안 7번 입찰에서 떨어진 곳이에요. 이곳에 첨단 휴게소를 짓겠다고 하는데 그 회사는 첨단 휴게소를 해본 경험도 없고 그런 기술을 가진 것도 아닌 것으로 도로공사 국정감사에서 밝혀졌죠. 그런 말도 안 되는 일이 벌어지면서 대통령 처가에는 고속도로를 주고 대통령 동문에게는 휴게소를 주는 특혜 비리 아니냐는 의혹이 불거지고 있습니다.

기자 남양평 나들목(IC) 건설 당시 양평군수 관련 의혹도 나오지 않았나요?

재관 이상한 게 남양평 나들목(IC)과 양평 나들목(IC)은 불과 4.5km밖에 안 떨어져 있어요. 그러면 차로 3~4분이면 가잖아요.

기자 굳이 왜 만들었죠?

재관 아주 짧은 거리인데 왜 여기에 나들목(IC)을 만들었을까 이상했죠. 당시 도로공사도 여기 남양평 나들목(IC)을 짓는 것은 가성비가 안 나온다고 그렇게 판단하니까 당시 김선교 양평군수는 양평군이 자부담을 많이 해서 하겠다고 결정합니다. 그래서 나들목 건설 비용 162억 원 중 104억 원을 양평군이 부담해요.

기자 양평군이 그 정도로 돈이 많았나요?

재관 양평군이 쓸 수 있는 돈은 일 년 예산이 지금 약 1조 원 정도 되는데, 거기서 군수 재량으로 쓸 수 있는 돈이 통상 6~7백억 원 정도밖에 안 돼요. 그리고 당시 예산 규모는 1년에 약 4~5천억 원 됐을 텐데 그중 100억 원 넘게 여기에 쓴 셈이니, 이것은 상식적으로 안 맞죠. 뭔가 이유가 있지 않나 싶은데 우연의 일치인지 남양평 나들목(IC)이 만들어진 강상면 일대에 고속도로 종점도 변경안으로 연결되고 또 그 일대에 김건희 여사 일가의 땅이 있고, 또 김선교 전 군수(전 국회의원) 본인도 그 일대에 광산김씨 종친 땅이 많아요. 그리고 과거 공약집을 살펴봐도 꾸준히 고속도로 종점을 이쪽으로 옮기자는 내용이 들어 있어요. 많은 사람에게 회자되지는 않았고 공식화되지도 않았지만, 그분 공약집에는 그런 내용이 들어 있어요.

3장

여주 양평의 길

"일정한 규제와 일정한 개발이 함께
이루어지지 않으면 모두가 불행해진다는
결론을 얻게 됐어요.
그러니까 난개발을 막고 공영 개발을 해서
환경과 인프라가 함께 공존하고
인구가 늘 수 있는 방식으로
개발에 대한 관점이
바뀌어야 합니다."

천막 농성 109일, 노래가 나오고 미담이 쏟아졌다

기자 앞서 천막 농성을 하면서 불미스러운 일은 없었는지 물었을 때 조금 놀랐던 부분이, 불미스러운 일은커녕 다양한 시민들과 함께 미담이 쏟아지더라는 답변이었어요. 어떻게 그런 일이 가능하죠?

재관 저도 놀랍습니다. 놀라운 게 우리같이 이렇게

작은 조직이, 정말 여주 양평 지역에서 민주당이라는 그냥 손에 꼽을 만큼 작은 조직이 이렇게 오랫동안 이렇게 강력한 투쟁을 벌일 수 있었던 게 그만큼 우리가 하는 일에 대한 대중적인 공감대가 형성되어 있었다는 거죠. 천막을 딱 치니까 오며 가며 사람들이 들러줍니다. 고생한다고요. 이렇게 힘이 되어 주시면서 여기까지 왔는데, 저희가 매주 금요일마다 촛불 집회를 해왔잖아요. 그런데 이 집회를 하면서 서울~양평 고속도로와 관련된 작곡이 10여 곡 넘게 나왔어요.

기자 창작곡을요?

재관 예. 우리 천막에 미술작가가 계시는데, 그분이 수요일 농성 담당입니다. 그러면 천막에서 주무시면서 밤에 작곡을 하세요. 노래가 잘 만들어져서 하루에 한 곡씩 나온대요. 그러니 그분이 주무시고 일어나면 노래가 나와 있는 거예요.

기자　하하.

재관　그렇게 그 양반 자고 일어나면 한 곡씩 나와서 많은 작곡을 했고 또 개사곡도 아주 많아요. 민중 가수 '백자'를 따라서 가수 '십자'도 나왔어요. 컴퓨터 회사를 하는 분인데 많은 개사곡을 만들어 우리에게 큰 기쁨을 줬어요. 우리 금요 집회는 아주 재미있어요. 시민들이 작곡한 노래, 개사한 노래가 연주되고 '43.5'라고 평균 나이 43.5세 주부들이 율동 패를 만들었어요. 물론 전부터 있던 율동 패지만 이분들이 정성껏 공연을 준비해서 금요 촛불 집회에서 공연을 합니다. 우리 100일 기념 공연 때는 '73.5'도 나왔어요.

기자　73.5세요?

재관　예. 평균 나이 73.5세인 분들이 공연도 하시고, 이런 식으로 양평과 여주 문화 예술 발전에도 굉장히 다양하게 기여하고 있어요.

기자　재미있겠네요. 누가 나올지 모르니까….

재관　더구나 천막 농성을 하면서 잘되었던 게, 늘 홍보가 문제잖아요. 그런데 우리 천막에는 유튜브 언론인 '서울의 소리'가 계속 취재를 하러 왔어요. 거기 구독자 수가 120만 명이 넘잖아요. 그러니 지역에서 작게 하는 농성이지만 전국으로 동시에 공개되는 뉴미디어의 위력을 실감하고 있죠. 수많은 1인 미디어와 영향력 있는 유튜버들이 우리와 함께하다 보니 사실 우리가 국회의원 못지않은 화력을 갖게 된 거죠. 그래서 우리는 주 1회 기자회견을 목표로 무조건 기자회견을 해요. 거의 목표대로 했어요. 유튜버들이 다뤄주시니까요. 국회 차원의 특위도 처음에는 조금 소극적이셨거든요. 그럼, 우리가 해버리는 거예요. 중앙에서 안 하면 우리가 그냥 해요. 그렇게 계속하다가 요즘에는 국토위 차원에서 열심히 이 사안을 파고들면서 오히려 저희에게 말씀하시죠. 의원들께서요. 이러이러한 내용으로 유튜브를 해보라고….

기자 그만큼 많이 보고 있으니까(웃음)…. 기자회견 영상을 봤더니 정말 평범한 지역 주민들과 함께 하고 계시던데요?

재관 그게 평생 기자회견이든 사회운동이든 해본 적이 없는 지역 아주머니들 세 분을 모시고 국회로 기자회견을 하러 간 거예요. 지역 주민의 입장과 요구를 명확히 드러내 보려고요.

기자 그분들은 국회를 처음 가보셨을 텐데….

재관 처음 가 보셨죠. 기자회견도 처음이셨죠. 그런데 말씀을 너무 잘하시는 거예요.

기자 잘하시더라고요.

재관 워낙 지역민 세 분이 말씀을 잘하시니까, 그분들 발언에 대한 '짤'이라고 하는 짧은 영상이 만들어져 여기저기 돌아다니면서 지역에서도 그분들을 알아보는 거예요(웃음).

기자 그분들은 이번 논란을 보고 오신 분들인가요?

재관 그렇게 참여하신 분들이죠. 그런 인재들도 발굴하고, 하여튼 긴 싸움을 이렇게 끈질기게 하다 보면 많은 게 창조되는 것 같아요. 앞서 방석 만드는 이야기나 노래와 공연을 시민들이 만들고 이런 것들이 마치 누가 기획한 것도 아닌데 그렇게 기획할 수도 없는데 물 흐르듯 재미있게 진행되고 있어요. 그리고 폭로했다고 징계당한 여현정 군의원의 경우, 거의 유튜브 방송국처럼 '여현정TV'를 만들어서 열심히 하고 계시고….

기자 급이 더 올라갔네요.

재관 전국적 인물이 됐죠. 제명당하는 바람에요(웃음). 그러니까 정치인은 공격당하면서 성장하는 것 같아요.

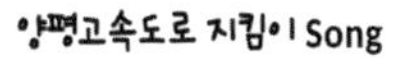

▲ 시민 창작곡 악보, 양평고속도로지킴이송(작사 · 작곡 김성민) – 1

▲ 시민 창작곡 악보, 양평고속도로지킴이송(작사 · 작곡 김성민) – 2

▲ 시민 창작곡 악보, 양평고속도로지킴이송(작사 · 작곡 김성민) – 3

난개발을 막고 모두가 행복한 공영개발로

기자　앞으로의 계획에 대해서 들어봤으면 좋겠습니다. 여주 양평 지역은 상수원 보호구역이 많고 군부대도 많다 보니 이것저것 다 제한되어 할 수 있는 게 없다는 목소리가 늘 높은 곳입니다. 사는 주민들이 힘들어하다 보니 선거철만 되면 유혹도 많죠. 이런 규제 풀겠다, 저런 규제 풀겠다, 그런 게 또 난개발, 막개발로 이어지는데 과연 여주 양평의 지속 가능한 발전 모델은 뭐라고 보시나요?

재관 여주 양평 지역은 강 때문에 아름다운 곳이지만, 강 때문에 규제를 많이 받아요. 그런데 사실 늘 출마하는 분들이 공약으로 규제를 풀겠다고 하지만 대부분 헛공약이 될 수밖에 없어요. 팔당 상수원을 이용하고 있는 수도권 주민들과의 이해관계가 있기 때문입니다. 그러다 보니 이리저리 피해서 가는 난개발이 다양한 형태로 이뤄집니다. 특히, 양평 같은 경우 우리 김선교 전 의원께서 군수 시절에 허가를 잘 내주셨어요. 그래서 군민들이 좋아해요. 어차피 개발되면 이익이 되지 않을까 생각하는 거죠. 그렇게 군수 3선을 하시고 나서 지금 어떤 결과가 빚어졌는지 볼까요? 양평 교통이 엉망입니다. 오후 3~4시만 되면 강을 건너는 편도 1차선 다리, 그 다리에 자동차가 줄을 쫙 서 있어요. 주말이 되면 더 엉망이 됩니다. 그런 가운데 전원주택들이 산 밑까지 개발됐어요. 그렇게 산 밑에 전원주택이 들어서게 되면 거기에 상수도 가야지, 하수도 가야지, 도로 가야지, 인프라 비용도 많이 들고 다 해드릴 수도 없어요. 그러다 보니 산골짜기에 전원주택이 들어섰는데 실은 하수 종말처리장 같은 공공 처리 시설로 연결되지 않고 가정용 정화조를 사용하게 돼요. 그게 얼마나 정화가 될까요? 사실상 형식적인 정화에 그치게 되고 그 오·폐수들이 강과 하천을 더럽히는 거예요. 그러면 깨끗한 자연과 좋은 경치 때문에 물 맑은 양평으로 들어와서 사는데 물이 점점 더러워질 수밖에 없는 악순환이 반복됩니다. 오수 처리를 다 하려면 관로를 깔아야 하는데 그렇게 안 되는 거죠. 우리의 한정된 자원 측면에서 보면 인프라를 제대로 갖출 수 없게 만드는 한계가 분명히 있는데, 허가를 낼 땐 몰랐죠. 허가 내서 살다 보니 너무 불편한 거예요. 양평에 그런 문제들이 있습니다.

기자 막상 들어와 사는 사람도 불편하고 기존에 살던 사람도 더 불편해지고….

재관 교통 문제가 어느 정도 심각하냐 하면 골짜기마다 분쟁이 생겨나요. 옛날에는 마을 땅이 있고 내 땅이 있으면 내 땅을 그냥 마을 공동으로 쓰라고 내놨던 분들이 이제 생각이 달라진 거예요. 그럼 이제 측량을 해서 내 땅 내가 찾겠다, 권리 행사하겠다며 길을 막아버려요. 그러면 바로 앞 100m만 가면 되는데 길이 막혀 있으니 몇 km씩 돌아가게 돼요. 이게 지금 양평 곳곳의 마을마다 생겨나는 분쟁이에요. 길 싸움이죠. 그러면 다른 분들이 또 가만히 있나요? '그래? 네가 길을 막았어? 나도 막겠다.'라고 하면서 또 자기 땅을 찾아가면서 마을 곳곳이 갈등의 지옥으로 변하게 되는 거죠.

기자 심각하네요.

재관 그래서 상 · 하수 인프라 문제도 있고 교통 문제도 있고 이런 점을 종합적으로 고려해 보면 난개발을 할 게 아니라 오히려 체계적인 계획에 따라 공영 개발을 해야 한다는 생각이에요.

기자 예를 들면요?

GTX로 50만 거점 도시를 만든다

재관　양평의 경우 군부대 부지를 많이 돌려받았어요. 부대가 강원도 홍천으로 철수하면서 대략 10여 군데를 돌려받았는데 그런 공영 부지에 공영 주택을 짓는 거죠. 거기에 하수도, 상수도, 도로를 깔아서 양평 인구도 유입하고, 그렇지만 환경은 더는 훼손되지 않도록 난개발을 막고 공영 개발 쪽으로 가서 환경과 인프라가 함께 공존하며 인구가 늘 수 있는 방식으로 개발의 패러다임을 바꾸어야 한다는 거죠. 그래서 일정한 규제와 일정한 개발이 함께 이루어지지 않으면 모두가 불행해진다는 결론을 얻게 됐습니다.

기자 여주의 경우는요?

재관 여주의 경우 조금 더 규모를 키워서 볼 필요가 있어요. 현재 수도권 인구 밀집을 막기 위해 계속 규제를 하지만 규제만이 능사가 아니에요. 그렇다고 인구 밀집을 막을 수 있는 건 아니라는 거죠. 오히려 집값만 올려놓고 난개발만 부추기고 있기에 그런 방식으로 접근할 게 아니라 오히려 우리 경기 동부 지역 또는 경기 북부 지역의 개발되지 않은 곳에 인구 약 50만 명 정도 되는 친환경 탄소 중립 거점 도시를 만들고 공영 개발을 통해 생기는 수익으로 GTX를 연결하는 거죠.

기자 가능할까요?

재관 논란의 대장동 개발을 보면, 1조 원 정도의 이익이 났는데 5천억 원을 회수했잖아요. 물론 왜 나머지 5천억 원은 회수하지 못했느냐며 검찰 수사가 진행되고 있지만, 그만큼 공영 개발이란 게 공공의 이익을 위해 이익금을 많이 쓸 수 있는 개발입니다. 저는 앞으로 공영 개발을 통해 임대 주택을 많이 짓고 청년들이 살 수 있는 공간들을 만들어야 한다고 생각합니다. 또한, 공영 개발의 계획된 개발로 인프라 비용을 줄이고 개발해서 남는 이익을 모두가 나눠 가질 수 있도록 교통 인프라에 투자해 GTX로 서울까지 15분~20분 안에 출퇴근이 가능한 도시를 만들어야 한다고 봐요.

기자 프랑스 파리처럼요?

재관 그렇죠. 프랑스 파리도 유서 깊은 구도심을 지키려고 도시 중심부는 규제를 매우 강하게 했죠. 중심부 개발은 완전히 꽁꽁 틀어막고, 도심 내 자전거 도로와 걸어서 갈 수 있는 15분 도심권을 만들고 파리 바깥 외곽에 우리로 말하자면 KTX 같은 고속철도를 놓아서 외곽 거점 도시를 만들어 갔거든요. 마찬가지로 우리도 앞으로 서울 한가운데는 오히려 더 강력하게 규제하지 않을까요? 서울은 장기적으로 인구가 줄고 청년들은 오히려 외부에서 주거비 부담을 줄여가면서 빠른 철도 교통으로 도심을 오가면서요. 공영 개발을 통해서 나온 이익을 공공에 환수해 GTX를 연결하고 GTX와 공영 개발이 연결되면 50만 명이 아니라 100만 명도 안 올 이유가 없을 거라고 봅니다. 교통이 되기 때문이죠. 그래서 이 두 가지 문제를 해결해 새로운 모델로 탄소 중립 거점 도시를 한번 만들어보자는 생각을 합니다.

기자 다 좋은데, 팔당 상수원 지역에서 그런 신도시가 가능할까요?

재관 팔당 상수원은 오 · 폐수 처리에서 오염 총량제가 적용되죠. 이 부분이 굉장히 복잡하고 어려운데 최근의 기술적 동향을 보면 하수를 상수도관처럼 압출 방식을 사용해 팔당 상수원이 아닌 하류 지역으로 방류하는 방식으로 충분히 가능하다는 근거를 확보했습니다. 앞으로 이 부분에 대한 법적, 제도적 부분을 확실히 검토한 뒤 여주가 확실히 젊고 활력이 넘치는 도시로 변할 수 있도록 기여할 생각입니다.

에너지 고속도로로 첨단 산업을 끌어온다

기자　여주는 사실 물류의 중심으로 통합니다. 아웃렛도 있고 물류 기지도 많은데 이게 과연 지역 경제 활성화에 얼마나 영향이 있을까에 대한 이야기도 많아요.

재관　여주가 굉장히 넓은 땅이에요. 4개의 고속도로가 지나가고 7개의 나들목(IC)이 있는 정말 교통 물류의 중심입니다. 더구나 산이 없고 넓은 들이 있기 때문에 앞서 밝힌 그런 신도시와 교통을 연결함과 동시에 저는 재생 에너지를 눈여겨봅니다.

기자 햇빛 발전 연금 소득이요?

재관 지역 발전과도 밀접합니다. 저는 재생 에너지를 우리의 넓은 농지에 영농형 태양광 형태가 가능하도록 법과 제도를 고쳐서, 농사도 지으면서 재생 에너지도 생산해 우리 농민들 소득도 높이고 국가적으로 탄소 중립도 가능하게 만들고, 또 RE100(재생 에너지 100%) 전기가 필요한 첨단 수출 기업들에게 재생 전기를 제공하고 나아가 그런 첨단 기업을 우리 고장에 유치해 보자는 꿈을 갖고 있어요.

기자 재생 에너지로 첨단 기업을 유치하겠다고요?

재관 지금 여주가 가진 자원에는 물이 하나 있어요. 첨단 기업을 돌리려면 물과 전기가 필요하잖아요. 그걸 지금 용인에 건설하고 있는데 물은 여주에서 끌어가거든요. 전기는 현재 재생 에너지 공급이 부족하므로, 저는 물도 전기도 친환경 재생 에너지로 만들어서 이곳에 첨단 기업들이 오히려 내려오게 하고자 합니다. 사실 기업들이 용인보다 더 멀리 안 가려고 하는 게 인력 수급 때문이거든요. 멀리 갈수록 인력을 구하기 어렵고 직원들도 안 내려가려 하기에, 앞서 밝힌 인구 50만 명의 자족 도시는 고급 인력이 살아가는 노동력의 공급원이 되고, 또 농촌에서 만들어내는 재생 에너지와 여주의 물은 첨단 기업을 유치하는 기본 바탕이 되기 때문에 인력과 재생 전기와 물, 세 가지를 연결해 전국에서 으뜸가는 재생 에너지 산업의 1번 도시, 탄소 중립 도시를 만들어 첨단 기업에 재생 에너지를 공급하는 구조로 한번 만들어 보자는 거죠.

기자 앞서 밝힌 여주의 마을 공동체 태양광도 하나의 모델이 될 수 있겠네요.

재관 그렇죠. 여주에서 만든 마을 공동체 햇빛 두레 모델을 여주 전역으로 적용하면 이것이 재생 에너지 고속도로가 됩니다. 여기서 나오는 재생 에너지 전기를 대기업에 공급하고 대기업 투자를 받아 인프라를 넓히고 주민들은 농지를 빌려주고 이익은 함께 나누는 방식이요. 이런 구조를 만들면 비록 정부 예산이 조금 부족하더라도 우리가 탄소 중립 영농형 태양광으로 상생할 수 있고, 그 속에 여주의 입지 조건이 갖는 물류 기지로서의 장점을 살려 새로운 시장을 만들어낼 수 있다고 봅니다.

기자 어떤 새로운 시장일까요?

재관 농축산물 온라인 도매 시장을 만들자는 겁니다.

농축산물 온라인 도매 시장

재관　왜냐하면 지금 가락동 시장이 서울에 있지만 농축산물 판로가 온라인 비중으로 점점 바뀌고 있어요. 소비 시장이 온라인 거래로 바뀌면서 사실은 쿠팡 같은 경우 농산물이나 공산품 등 모든 물품을 소비자에게 빠르게 보내고 있죠. 여주에도 이마트 물류센터가 있는데 많은 상품이 온라인으로 유통되고 있고 농산물도 온라인 쪽으로 빠르게 들어가고 있습니다. 그러니 농산물 온라인 공영 도매 시장을 여주에 만들게 되면 여주가 가지고 있는 기존 창고와 도로 인프라를 활용해 온라인으로 향하는 시장 질서에 가장 빠르게 진입할 수 있게 되는 거죠. 또 온라인 시장을 만들면 창고가 많이 필요합니다. 배추며 감자며 이런 것들이 소분 되어 각 가정에 배추 5kg, 감자 3kg씩 박스 배송으로 가야 하기에 창고들이 집약되어 있어야 하고, 컨베이어 벨트로 연결되는 방식의 물류 시스템을 여주에 만들게 되면 여주에 농산물 가공 업체들이 자리 잡게 되죠. 전기도 재생 전기로 풍부하게 활용할 수 있게 되고 신선한 농산물 재료도 쉽게 구할 수 있기 때문에 많은 식품 산업의 거점 기지가 될 수 있습니다. 여주가 전통의 농업 도시이고 지역 농산물을 활용할 수 있다는 점에서, 수도권이라는 거대 시장에 농산물 물류 기지가 되는 식품 산업의 거점으로 발전해 나갈 수 있는 거죠.

남한강, 북한강을 세계 정원으로

기자　상당히 현실적이면서도 미래 지향적으로 들리는데, 양평에 대해서는 어떤 그림을 그리고 계십니까?

재관　양평의 가장 큰 문제는 교통입니다. 지금 양평의 아파트가 체계적인 계획 없이 난립하는 통에 걱정이 많아요. 내년까지 약 5천 세대가 입주해야 하는데 지역에서는 지금도 이 모양인데 앞으로는 답이 나오지 않는다는 걱정을 많이 하세요. 그래서 양평은 우선 교통 인프라, 전원주택의 상하수도 인프라는 혁신적이고 체계적으로 구축해내는 길로 갈 수밖에 없습니다. 혁신적인 발상이 중요합니다. 왜냐하면, 교통 문제만 해도 돈을 많이 들여서 길을 여기저기 많이 내면 좋겠지만, 양평 땅값이 비싸서 그렇게 안 돼요. 그래서 대중교통 중심으로 혁신적인 교통 체계를 짜지 않으면 교통 문제를 풀기 힘든 상황에 와있고요. 전원주택지 개발 문제도 그렇습니다. 자꾸만 전원주택지가 산으로 올라가다 보니 인제 그만 좀 들어오라고 해요. 지금 들어가 사는 분들도 그런 문제점에 공감하고 계시기 때문에 난개발 문제는 규제를 강화할 필요가 있고 대신 양평군이 돌려받은 군부대 용지를 중심으로 체계적인 공영 개발을 통해 환경과 생태를 지켜가는 도시로 만들어 가야 합니다.

기자 양평의 관광 산업 전략은요?

재관 오래전부터 두물머리에 사람이 많이 오지만 코로나 이후로는 더 많이 옵니다. 거기 교통 문제는 물론이거니와 두물머리를 국가 정원으로 만들어가야 교통 체계가 잡힙니다. 지금은 경기도 지방 정원 1호거든요. 두물머리 일대를 국가 정원으로 만들어 정원 산업과도 연결하고 양평의 전원주택이 전국 1등이기에 정원 산업과 전원주택 산업의 지속 가능한 발전 모델로 꾸준히 성장시켜 나가야 합니다. 또 지금 강하면, 서울~양평 고속도로 종점 원안으로 강하 나들목(IC)을 이야기하는 이유로는 바로 그

쪽에 두물머리 세미원의 약 10배가량 되는 큰 규모의 생태 공원이 있어요. 그곳을 세미원 못지않은 생태 정원으로 만들어서 서울~양평 고속도로를 타고 오신 시민들이 강하 나들목(IC)에서 내리면 바로 그 생태 정원에 갈 수 있고, 다리 하나만 건너면 두물머리가 되는…. 새로운 교통을 통해 관광 거점으로 만들어가는 부분을 집중적으로 논의하고 있습니다.

여주에는 남한강을 끼고 신륵사와 금은모래 강변공원이 있고, 강천섬 유원지도 좋습니다. 수도권 2,500만 주민들이 남한강과 북한강에서 휴양을 하는데 가장 문제가 되는 것은 주말 교통 문제입니다. 한강 유역 전체의 주말 교통 체계를 개선하고 수도권 전체 주민의 쉼터로서 한강 유역 전체를 세계 정원으로 만들어야 합니다.

기자 예전부터 양평의 산림과 관련된 정책을 많이 내셨어요.

재관 양평의 산림이 정말 우수해요. 양평의 동부 지역은 거의 다 산림 지대인데, 양평의 산림 자원을 활용한 목재 친화 도시로 변모해 나가야죠. 목재 제품들과 이를 이용한 목조 건축물들이 바탕이 되는 목재 친화 도시는 그 재료들을 양평 동부 지역의 산림 지대에서 목재 산업을 통해 만들어내는 거죠. 나무는 탄소를 흡수해 가둬두는 탄소 흡수원이기에 이러한 도시계획이 결국 전 지구적 과제인 기후 변화에 대응하는 탄소 중립과 직결되는 문제로 국가적 지원도 가능하리라 봅니다.

기자 양평은 교통이 가장 문제라고 하셨는데 혹시,

서울~양평 고속도로가 예타를 통과한 원안 그대로 확정된다면 이게 양평의 고질적인 교통 문제에도 도움이 되나요?

재관　많이 되죠. 지금 원안대로 가게 되면 양서 대교가 생깁니다. 그러면 4차선 대교가 하나 더 생기는 거죠. 강하 쪽에요.

기자　강남과 강북을 건너는?

재관　강하 나들목(IC)이 생기면 양평군민들이 이용할 수 있기 때문에 양평읍 교통 문제의 가장 핵심인 다리, 즉 편도 1차선 다리 2개에 모든 교통을 의존하고 있는 문제를 현실적으로 극복할 수 있죠. 왕복 4차선의 대교가 생기니까요.

기자　그런 측면에서도 지금 하고 있으신 일이 중요한 거네요.

재관　굉장히 중요하죠. 변경안으로 가면 우리는 다리

를 잃는데 많은 사람이 그 점을 간과하세요. 다리를 잃는 건데요. 우리에게 다리 하나가 얼마나 중요한데….

기자 원안은 다리를 얻고 변경안은 다리를 잃는다는 거죠?

재관 양평의 핵심이 다리인데, 그런 면에서 굉장히 중요한 사안입니다. 우리 모두의 미래를 위해서요.

나의 꿈은 누구나 행복하게 사는 그런 여주 양평입니다

기자 이제 마지막 질문입니다. 농민 운동을 꿈꾸던 대학생이 어느새 청와대 비서관을 거쳐 지역 정치인이 되어 있습니다. 앞으로의 꿈은 무엇인가요? 어떤 세상을 꿈꾸나요?

재관 저는 여전히 농민들이, 그리고 농촌이 사는 길이 무엇일까, 그 오랜 연구를 저 나름대로 끈질기게 해왔습니다. 지금 이게 답이 될지 모르겠지만, 저는 기후 위기 시대의 재생 에너지가 우리 농업과 농촌을 지켜내는 가장 유력한 대안이 될 거라고 믿고 있습니다. 그 길 위에서 앞으로도 매진하려 하고 있고요. 그런데 저의 길이 어디와 맞닿아 있느냐면 '지역 소멸'이라는 문제와 닿아 있습니다. 농촌의 재생 에너지는 지역의 균형 발전에서 매우 중요하면서도 현실적인 해결책이 될 것입니다. 만일 우리가 유럽처럼 전기를 만들어내는 곳으로부터 멀리 갈수록 전기 요금이 비싸지도록 제도가 바뀐다면, 여주 양평과 같은 농촌 지역에서 재생 에너지를 생산하고 바로 그 지역에서 재생 전기를 쓰는 게 가장 저렴해진다면, 그것이 첨단 기업이 여주 양평에 들어오도록 하는 원동력으로 작용할 겁니다. 실제로 이게 오스트리아 귀싱 사례입니다. 값싼 전기를 쓰기 위해 오스트리아 산골에 유럽의 기업들이 들어갔어요. 마찬가지로 우리도 지역에서 값싼 전기를 재생 에너지로 생산해 기업들이 오게 해야 지역이 삽니다. 기업이 오고 돈이 와야 사람이 오고, 그게 지역 균형 발전의 핵심이라고 보기 때문에, 저는 재생 에너지를 통해 작게는 농업과 농촌, 나아가 지역 균형 발전이라는 부분에 초점을 맞춰서 살아가고자 합니다. 그래서 우리 지역에서 누구나 행복하게 살 수 있는, 큰돈이 아니더라도 재생 에너지를 통해서 꾸준하고 안정적으로 기본 소득이라는 형태로 누구나 행복하게 살 수 있는 그런 사회가 제가 꿈꾸는 사회입니다.

기자 끝으로 더 하실 말씀은요?

재관 없습니다. 끝입니다(웃음).

최재관의 길,
이렇습니다!

• 계란으로 바위를 깨뜨리는 길입니다.

사회를 개혁하기 위해 옳은 일을 한다고 하면 '계란으로 바위치기다.'라며 그만두라고 합니다.

저는 계란으로 바위를 깨뜨리는 길을 마다치 않았습니다. 우리 쌀을 지키는 것이 불가능하다고 했지만 저는 멈추지 않았습니다. 지난 1992년 대통령 선거를 앞두고 쌀 수입 개방 문제가 중요한 사회적 이슈가 되었습니다. 대학 시절, 농대생으로 30명을 이끌고 명동성당에서 8일간 쌀 개방을 반대하는 단식 농성을 하였습니다. 농성을 위해 굶어보면서 세상에서 가장 중요한 것이 밥이라는 것을 깨달았습니다. 그리고 '농사를 짓자! 쌀을 지키는 일에 내 한 생을 바치자!' 라고 결심하고 여주로 귀농했습니다. 서울대를 보내놨더니 농사지으러 가느냐며 부모님은 한숨을 쉬셨습니다. 농사지어 1년 벌어봐야 직장인들 한 달 월급도 안 된다고 말씀하셨죠. 쌀농사를 짓는데 밥이야 먹고 살 수 있다고 말씀드렸더니 밥은 개도 먹는다고 하셨습니다. 그 당시 쌀 수입 개방을 막는 일은 계란으로 바위치기였습니다.

하지만 30년 세월이 지난 지금, 기후 위기로 인해 세계적으로 쌀값이 폭등하고 그에 따른 식량 가격의 폭등을 경험하고 있습니다. 그렇지만 우리는 오히려 쌀 가격이 내려가고 있습니다. 왜 그럴까요? 바로 우리 농민들이 쌀을 지켜냈기 때문입니다. 지난 30년 동안 농민들의 치열한 투쟁으로 쌀을 개방했으나 513%의 높은 관세로 사실상 의무 도입량 외에는 수입 개방을 막아냄으로써 우리 쌀을 지켜냈습니다. 계란으로 바위치기라고 했던 일을 해냈습니다.

• 발상의 전환으로 없는 길도 만들어 갑니다.

앞으로도 수입쌀 개방을 막을 수 있을까요? 2002년 대통령 선거에 쌀 개방 반대 공약을 만들기 위해 전국 300만 명 농민의 10%인 30만 명의 농민을 여의도로 모으는 계획을 세워봤습니다. 거의 불가능한 일이었지만 발상을 바꾸어서 데모를 갈 것이 아니라 관광처럼 가보자, 마을마다 버스 한 대씩 빌려 관광도 가는데 목숨 같은 우리 쌀을 지키는 길에 버스 한 대씩 여의도로 못 가겠느냐며 전체 마을 주민들이 여의도로 가는 계획을 세우고 1년 동안 진행했습니다. 그래서 보통은 서울 대회에 저희 여주에서 버스가 2대 정도 가는데 이번만큼은 102대의 버스가 가도록 만들었습니다. 마침내 전국에서 13만 명의 농민이 여의도로 집결하는 사상 초유의 일을 계획하고 실행해 냈습니다.

또 하나의 사례는 경기도 최초로 친환경 학교 급식을 시작했습니다. 모든 상품이 생산자가 가격을 정하는데 우리 농산물만큼은 생산자가 가격을 정하지 못합니다. 가락동 시장에서 경매로 가격을 결정해 주면 결정해 주는 대로 받을 수밖에 없습니다. 저는 발상을 전환해서 생산자가 가격을 정할 수 있을지 고민한 끝에 친환경 학교 급식을 생각해 냈습니다. 학생

수에 따라서 가격과 생산량을 1년 전에 미리 결정합니다. 그래서 농민들의 소득을 보장하는 체계를 만들었습니다. 게다가 친환경으로 생산되니 아이들에게 건강을, 농민에게 희망을 주는 체계를 만들었습니다. 그리고 전국으로 확대시켰습니다.

• 남들이 가보지 않은 길도 두려워하지 않습니다.

문재인 대통령의 부름을 받아서 청와대 농업비서관으로 들어갔습니다. 대통령과 식사를 하는 첫 자리에서 군대 급식을 제안 드렸습니다. 학교 급식처럼 군인들도 국내산 농산물을 계약 재배하는 시스템을 만들자는 것입니다. 학교 급식의 장점을 이야기했고 대통령도 해보라고 하셔서 군대 급식도 국내산으로 전환하는 계기를 만들었습니다. 정부 공공 기관 급식도 모두 국내산으로 만들도록 시스템을 바꾸었습니다.

또한 농산물의 가장 큰 문제점인 만성적인 가격 폭락을 막을 방법이 없을까 고민했습니다. 농민들은 올해 작물 값이 폭락하면 내년에 그 작물을 안 심습니다. 내년에 안 심으면 다시 그 작물이 폭등하고 폭등하면 또 너도나도 심습니다. 그러면 다시 폭락하고 이것을 되풀이합니다. 전국 농작물과 생산자를 전산화해서 누가 어떤 작물을 얼마나 심었는지 그 정보를 안다면 과잉과 폭락을 막을 수 있을 것입니다.

마치 자동차의 내비게이션이 혼잡한 지역을 알려줌으로써 피해 갈 수 있듯이 농산물의 과잉을 스스로 막을 수 있도록 농산물의 정보 전산화 작업을 지시하고 만들었습니다. 지금 한창 진행 중에 있습니다.

그리고 저는 청와대에 있는 동안 국산 밀 육성법을 만들었고 공익형 직불제를 만들었습니다. 박근혜 정부에서 폭락한 쌀값을 정상화했습니다. 새로운 시도와 새로운 길도 두려워하지 않습니다.

• 끈질기게 싸우는 길입니다.

2020년 총선에 나가서 낙선했습니다. 지난 4년 동안 여주 양평의 지역위원장을 맡으며 굳건하게 지역을 지켜왔습니다. 특히 양평에 최은순 일가의 각종 비리가 드러나서 끝없이 싸워왔습니다. 지난 대통령 선거 때 양평 공흥지구 아파트 개발 비리와 관련해서 1인 시위를 가장 많이 한 사람입니다.

그리고 지금은 서울~양평 고속도로와 관련한 대통령 처가 비리의 중심에 서 있습니다. 원희룡 국토부 장관이 백지화를 선언하고 일타강사를 자임했을 때 그 거짓과 진실을 팩트 체크 영상으로 만들어서 신속하게 대응해서 국민들에게 알렸습니다. 그리고 거의 매주 1회 정도 기자회견을 이어가고 있습니다. 촛불집회에서 원희룡 장관과 1대 1로 장관직을 걸고 토론 한 판 붙자고 제안하기도 했습니다. 아직 대답이 없습니다. 양평군청에서 천막 농성을 시작해서 157일째 천막 농성을 진행하고 있습니다. 한여름에 시작해서 가을이 지나 겨울로 이어지고 있습니다.

그러나 저는 진상 규명이 되기 전까지는 천막 농성장을 접을 생각이 없습니다. 저는 끝장을 볼 때까지 끈기 있게 투쟁하는 사람입니다. 양평에는 권력형 게이트의 3대 비리가 있습니다. 〈장모 아파트〉, 〈처가 고속도로〉, 〈동문 휴게소〉의 이 3대 권력형 비리 게이트에 대해 종점까지 가보겠습니다.

• 재생 에너지로 지역과 농촌을 살리는 길입니다.

기후 위기가 농촌에는 재앙으로 닥쳐오고 있습니

다. 냉해와 폭우와 잦은 비로 모든 농사가 어렵습니다. 농산물 수확이 줄고 인건비가 올라가서 농사를 지을 수 없을 정도로 심각한 피해가 오고 있습니다. 기후 위기에 대처하기 위해서는 석유와 석탄의 사용을 줄이고 재생 에너지로 바꾸어 가야 하는데 농촌이 전체 재생 에너지 생산량의 89%를 담당하고 있습니다.

그러나 농촌 주민들이 가장 싫어하는 것이 태양광입니다. 이격 거리를 만들어 사실상 태양광을 할 수 있는 곳이 거의 없어졌습니다. 이 위기를 극복하기 위해서 저는 마을 공동체 태양광 모델을 만들어 산업통상자원부를 설득했습니다. 그리고 국회 탄소중립위원회 활동을 하면서 마을의 두레 태양광이라는 모델을 만들었습니다. 그리고 지난 3년의 세월이 지나 마침내 결실을 보고 있습니다.

여주시 세종면 세종대왕면 구양리에는 마을 공동체 태양광이 지어지고 있습니다. 1MW의 태양광 발전 시설로 마을 주민들이 전체 참여해서 월 10만 원 이상의 햇빛 연금을 20년간 받을 수 있도록 만들었습니다. 마을 주민들은 그동안 태양광을 반대했지만, 지금은 더 늘려달라고 요청하고 있습니다. 앞으로 영농형 태양광으로 논에서 쌀과 에너지를 함께 생산해서 산업의 쌀인 반도체 공장에 재생 에너지를 공급할 수 있도록 만들겠습니다. 'RE100'을 실현하기 위해 삼성은 헝가리로 가고, LG는 폴란드로 가고 있습니다. 우리 기업들이 우리나라에 투자하고 일자리를 만들 수 있도록 우리 농촌 재생 에너지의 중심이 되어야 합니다. 우리 농촌이 산유국이 되는 길입니다.

• 여주 양평에 4차 산업 일자리를 만들어 지역 균형 발전을 이루는 길입니다.

역대 대통령 중에서 지역 균형 발전에 가장 크게 공헌한 사람은 누구일까요? 노무현 대통령이 행정 수도를 옮기고 지역 균형 발전을 가장 중요하게 다루었습니다. 그러나 지역 균형 발전으로 가장 크게 성과를 낸 대통령은 박정희 대통령입니다. 경부 고속도로를 만들어 지역 거점 도시를 만들고 중화학 공업을 육성해서 일자리를 만들고 인구가 분산되는 효과를 보았습니다. 박정희 대통령은 그 당시 서울이 휴전선에 너무 가까워 위험하다고 생각하고 인구 분산 정책을 쓴 것입니다.

재생 에너지로 지역 소멸의 해법이 되는 일자리와 투자가 있도록 만들겠습니다. 독일처럼 전기가 만들어진 곳에서 멀리 갈수록 더 비싸지도록 요금 체계를 변경하여 여주 양평에서 생산된 전기는 여주 양평에서 사용하는 것이 가장 싸도록 바꾸면 첨단 기업들이 전기를 쫓아서 여주 양평으로 오게 됩니다. 로컬 푸드처럼 로컬 에너지 시대를 열어 농가에는 소득을 주고, 기업들에는 재생 에너지를 얻는 상생 모델을 만들겠습니다. 이것이 에너지 고속도로로 만들어갈 농촌의 미래입니다.

• 여주 양평을 인구 50만 명의 거점 도시인 꿈의 도시로 만드는 길입니다.

김포를 서울로 합치는 것이 대안이 아닙니다. 초과밀화된 서울은 치열한 경쟁으로 부동산의 가격이 치솟아 평생을 벌어도 서울에 집을 살 수 없게 되었습니다. 서울의 출산율은 전국에서 가장 낮은 '0.63'인 이유입니다. 밀도가 높아지면 생존 경쟁이 치열해지고 결국 출산율이 낮아집니다. 인구 소멸, 지역 소멸의 위기를 극복하는 것은 지역 균형 발전이고 지역 균형 발전의 핵심은 일자리입니다.

모든 국민을 고통 속에 빠뜨린 부동산 문제도 지역 균형 발전과 인구 분산이 이루어지지 않으면 백약이 무효입니다. 그리고 부동산과 일자리를 해결해야 망국적인 저출산 문제도 해결할 수 있습니다. 여주와 양평에서 1~2시간씩 전철을 타고 서울로 출퇴근하는 사람들이 많습니다. 하루 4~5시간을 출퇴근에 허비합니다.

여주 양평 일자리의 핵심은 교통 인프라입니다. 여주 양평이 서울로 편입되는 것이 중요한 것이 아니라 오히려 여주와 양평에 인구 50만 명의 거점 도시를 만들고 공영 개발을 통해 임대 주택을 많이 짓고 공영 개발의 이익으로 초고속 열차를 놓는 것입니다. 시속 400km까지 달리는 중국의 CR400이 있듯이 여주에서 강남까지 시속 300km로 달리면 몇 군데 정차하고도 15분이면 강남까지 갈 수 있습니다. 공영 개발로 만들어진 임대 주택에는 젊은 부부들이 살게 도와줘야 합니다. 그래야 젊은 부부들이 아이를 낳을 수 있습니다.

• 남한강, 북한강을 세계 정원으로 만드는 길입니다.

코로나 시절 2,500만 명의 수도권 주민이 가장 많이 찾은 곳은 남한강과 북한강이 만나는 팔당권역입니다. 팔당상수원 유역에는 여주, 양평, 남양주, 가평, 용인, 광주, 이천 7개의 지자체가 수도권 주민의 젖줄로 많은 규제를 받고 있습니다. 동시에 아름다운 자연환경을 보전하고 있습니다.

세계적인 인구 과밀화의 상징인 서울 경기 주민들

의 허파와 같은 역할을 하고 있습니다. 주말이면 두물머리로 모인 차들에 의한 교통체증으로 국민들의 휴양은 제대로 이루어지지 못하고 있습니다. 순천만 국가 정원과 울산 태화강 국가 정원의 경우는 개별 도시이지만 양평 두물머리는 남한강과 북한강이 연결되고 수도권 주민들의 교통망과 연결되기 때문에 보다 종합적인 접근이 필요합니다. 2천5백만 명의 엄청난 인구가 이동하는 수도권 전체의 교통 체계와 팔당권역 7개 도시의 환경 자원을 연결하고 협력해서 세계적인 정원을 만드는 길로 나아가야 합니다. 그것이 국가 정원을 넘어 세계 정원으로 가는 길입니다.

• 최재관의 길은 이렇습니다.

계란으로 바위를 치는 일을 마다치 않고 길이 막히

면 발상을 전환해서 길을 찾고 집요하게 문제 해결에 집중해서 끈질기게 싸우며 원칙을 포기하지 않는 길입니다. 농촌과 지역의 기후위기를 재생 에너지 생산의 기회로 바꾸어 에너지 고속도로를 만들고 수출기업들이 우리나라를 떠나지 않아도 되는 길입니다. 농촌 소멸과 지방 소멸을 막고 저출산 고령화 사회의 희망을 만드는 길입니다. 저는 그 길을 묵묵히 가겠습니다.

이 책을 읽을
당신과 함께
하고 싶습니다!

stickbond@naver.com

이 책을 읽은
당신과 함께
하고 싶습니다!